A voz do mestre

O livro é a porta que se abre para a realização do homem.

Jair Lot Vieira

KHALIL GIBRAN

A voz do mestre

TRADUÇÃO: EDSON BINI
ESTUDOU FILOSOFIA NA FACULDADE DE FILOSOFIA,
LETRAS E CIÊNCIAS HUMANAS DA USP.
É TRADUTOR HÁ MAIS DE 40 ANOS.

mantra

Copyright da tradução e desta edição © 2018 by Edipro Edições Profissionais Ltda.

Título original: *The Voice of the Master*. Publicado originalmente nos Estados Unidos em 1958 pela Citadell Press, Nova York.

Traduzido a partir da 1ª edição.

Todos os direitos reservados. Nenhuma parte deste livro poderá ser reproduzida ou transmitida de qualquer forma ou por quaisquer meios, eletrônicos ou mecânicos, incluindo fotocópia, gravação ou qualquer sistema de armazenamento e recuperação de informações, sem permissão por escrito do editor.

Grafia conforme o novo Acordo Ortográfico da Língua Portuguesa.

1ª edição, 1ª reimpressão 2024.

Editores: Jair Lot Vieira e Maíra Lot Vieira Micales
Edição de texto: Marta Almeida de Sá
Produção editorial: Carla Bitelli
Assistente editorial: Thiago Santos
Capa: Studio Mandragora
Preparação: Frederico Hartje
Revisão: Ana Tereza Clemente
Editoração eletrônica: Estúdio Design do Livro

Dados Internacionais de Catalogação na Publicação (CIP)
(Câmara Brasileira do Livro, SP, Brasil)

Gibran, Khalil, 1883-1931

   A voz do mestre / Khalil Gibran ; tradução de Edson Bini.
– São Paulo : Mantra, 2018.

   Título original: The Voice of the Master.
   ISBN 978-85-68871-13-3

   1. Espiritualidade 2. Ficção libanesa I. Bini, Edson. II. Título.

18-18630   CDD-L892.7

Índice para catálogo sistemático:
1. Ficção : Literatura libanesa : 892.7
Iolanda Rodrigues Biode
– Bibliotecária – CRB-8/10014

mantra.

São Paulo: (11) 3107-7050 • Bauru: (14) 3234-4121
www.mantra.art.br • edipro@edipro.com.br
@editoramantra

Vim dizer uma palavra e a direi agora. Mas se a morte me impedir, ela será dita pelo amanhã, pois o amanhã jamais deixa um segredo no livro da eternidade.

Vim para viver na glória do amor e na luz da beleza, que são os reflexos de Deus. Estou aqui, vivo, e não posso ser exilado do domínio da vida, pois por meio de minha palavra viva viverei na morte.

Vim aqui para ser para todos e com todos, e o que faço hoje na minha solidão terá eco amanhã por intermédio da multidão. O que digo agora com um coração amanhã será dito por milhares de corações.

KHALIL GIBRAN

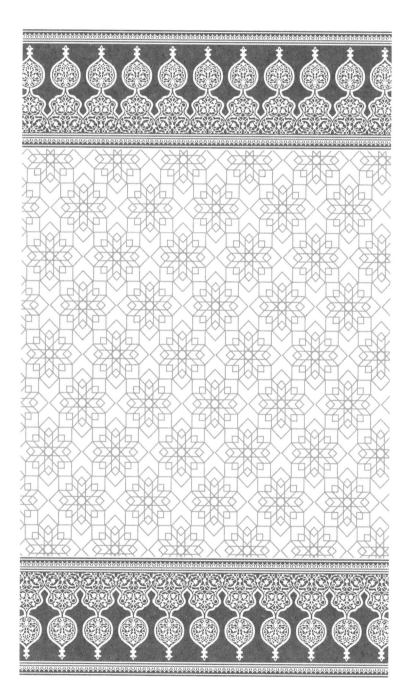

Sumário

Primeira Parte
O MESTRE E O DISCÍPULO

1. A viagem do mestre a Veneza, 11

2. A morte do mestre, 21

Segunda Parte
AS PALAVRAS DO MESTRE

1. Da vida, 33

2. Dos mártires da lei dos homens, 35

3. Pensamentos e meditações, 37

4. Do primeiro olhar, 39
   Do primeiro beijo, 39
   Do casamento, 40

5. Da divindade do ser humano, 41

6. Da razão e do conhecimento, 43

7. Da música, 47

8. Da sabedoria, 51

9. Do amor e da igualdade, 53

10. Outros dizeres do mestre, 55

11. O ouvinte, 59

12. Amor e juventude, 63

13. A sabedoria e eu, 65

14. As duas cidades, 67

15. A natureza e o ser humano, 69

16. A encantadora, 71

17. Juventude e esperança, 73

18. Ressurreição, 77

Primeira Parte
O mestre e o discípulo

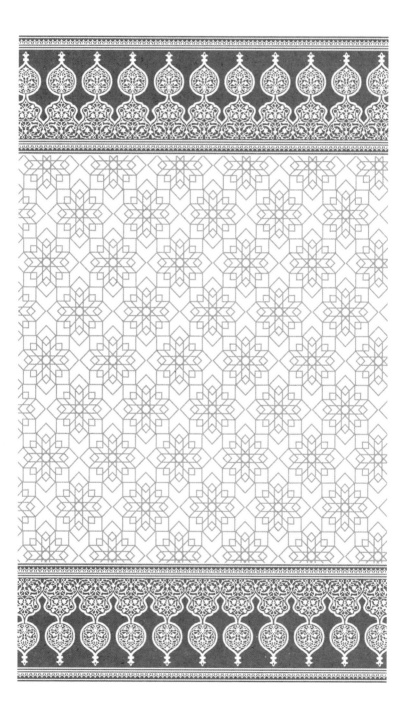

1. A viagem do mestre a Veneza

O discípulo viu o mestre caminhando silenciosamente para cá e para lá no jardim, com sinais de profunda tristeza no rosto pálido, saudou-o em nome de Alá e indagou a causa de sua tristeza. Movimentando seu cajado, o mestre o convidou a se sentar junto à lagoa. O discípulo assim o fez e se preparou para ouvir a narrativa.

Disse o mestre: "É seu desejo que lhe conte sobre a tragédia que a memória restabelece todos os dias e todas as noites no palco de meu coração. Está cansado de meu longo silêncio e de meu segredo não revelado, transtornado com meus suspiros e minhas lamentações. Você diz para si mesmo: 'Se o mestre não me admitir no templo de suas tristezas, como ingressarei algum dia na casa de suas afeições?'.

"Escute minha narrativa. Ouça, mas não se compadeça de mim, pois a compaixão é para os fracos, e em minha aflição ainda sou forte.

"Desde os dias de minha juventude, tenho sido assombrado, tanto acordado quanto adormecido, pelo fantasma de uma mulher estranha. Vejo-a quando estou sozinho à noite, sentada ao lado da cama. No silêncio do meio-dia, ouço sua voz celestial. Com frequência, quando fecho os olhos, sinto o toque de seus dedos delicados nos meus lábios e, ao abri-los, sou tomado pela apreensão e, de súbito, começo a ouvir atentamente os murmúrios do nada.

"Frequentemente, fico surpreso a pensar nisso e digo a mim mesmo: 'Será minha fantasia que me põe a rodar até que pareço me perder nas nuvens? Terei fabricado com as nervuras sinuosas dos meus sonhos uma nova divindade dotada de voz melodiosa e de um toque delicado? Terei perdido o juízo e, em minha loucura, criado essa companheira amada com ternura? Terei me afastado da sociedade dos homens e do clamor da cidade para que pudesse permanecer sozinho com o objeto de minha adoração? Terei fechado os olhos e tapado os ouvidos diante de formas e acentuações da vida para poder melhor vê-la e ouvir sua divina voz?'.

"Amiúde, fico surpreso a pensar nisto: 'Sou um louco que está contente em estar só e que dos fantasmas de sua solidão fabrica uma companheira e esposa para sua alma?'.

"Falo de uma *esposa* e você se espanta com essa palavra. Mas com que frequência ficamos pasmos devido a uma experiência estranha, rejeitada por nós como impossível, mas cuja realidade, por mais que tentemos, somos incapazes de apagar de nossas mentes?

"Essa mulher imaginária tem sido realmente minha esposa, compartilhando comigo todas as alegrias e tristezas da vida. Ao despertar de manhã, vejo-a se curvar sobre meu travesseiro e fitar-me com olhos brilhantes de bondade e amor maternal. Ela me acompanha no planejamento de algum empreendimento e me ajuda a realizá-lo. Quando me sento para a refeição, ela se senta comigo e trocamos ideias e palavras. Ao anoitecer, novamente está comigo, dizendo: 'Demoramos demais neste lugar. Vamos caminhar nos campos e nos prados'. Nessas ocasiões, largo meu trabalho e a sigo para os campos, sentamos num rochedo e fitamos o horizonte distante. Ela aponta para a nuvem dourada e me faz perceber a canção que os pássaros entoam antes de se recolherem à noite, agradecendo ao Senhor pela dádiva da liberdade e da paz.

"Muitas vezes, ela vem ao meu quarto quando a ansiedade e a perturbação me assaltam. Tão logo a contemplo, toda a ansiedade e a preocupação se transformam em júbilo e calma. Quando meu espírito se rebela contra a injustiça perpetrada pelo ser humano a vitimar outro ser humano e vejo o rosto dela em meio àqueles demais rostos dos quais eu fugiria, a tempestade em meu coração se acalma e é substituída pela voz celestial da paz. Quando estou sozinho, os dardos amargos da vida ferem meu coração e me acho acorrentado à terra pelos grilhões da vida, contemplo minha companheira a me fitar com olhos repletos de amor, o que faz a tristeza se converter em alegria e a vida parecer um éden de felicidade.

A voz do mestre

"É possível que você pergunte como posso estar satisfeito com tal existência estranha e como pode um homem como eu, na primavera da vida, encontrar alegria junto a fantasmas e sonhos. Digo-lhe que os anos que tenho despendido nesse estado são a base de tudo que passei a conhecer a respeito da vida, da beleza, da felicidade e da paz.

"A companheira de minha imaginação e eu temos sido como pensamentos que pairam livremente diante do sol ou que flutuam na superfície das águas, a cantar uma canção ao luar – uma canção de paz que conforta o espírito e o conduz a uma beleza inefável.

"A vida é aquilo que vemos e experimentamos por meio do espírito; o mundo que nos cerca, porém, passamos a conhecê-lo por meio de nosso entendimento e de nossa razão. Tal conhecimento nos traz uma grande alegria ou tristeza. Foi a tristeza que eu estava destinado a provar antes de haver alcançado os trinta anos. Seria como se estivesse morto antes de atingir os anos que drenaram o sangue de meu coração e a seiva de minha vida, reduzindo-me a uma árvore seca com galhos que não se movem mais com a brisa travessa e na qual os pássaros não constroem mais seus ninhos."

O mestre fez uma pausa e, sentando ao lado de seu discípulo, prosseguiu:

"Há vinte anos, o governador de Monte Líbano me enviou a Veneza, numa missão de estudos, com uma carta de recomendação dirigida ao prefeito daquela cidade, o qual ele conhecera em Constantinopla. Parti do Líbano num navio italiano no mês de Nissan.[1] O ar primaveril estava cheio de fragrância, e nuvens brancas pendiam acima do horizonte como tantas belas pinturas. Como lhe descrever a exultação que experimentei durante a viagem? As palavras são demasiado pobres e deficientes para exprimir o sentimento íntimo presente no coração do ser humano.

"Os anos que passei com minha companheira etérea foram repletos de contentamento, alegria e paz. Jamais suspeitei de que a dor me aguardava ou de que a amargura espreitava no fundo de minhas alegrias.

"À medida que a carruagem me distanciava de colinas e vales de minha terra na direção do litoral, minha companheira se mantinha sentada ao meu lado. Esteve comigo durante os três jubilosos dias que

---

[1] O sétimo mês no calendário judaico. (N.T.)

passei em Beirute, perambulando pela cidade junto a mim, parando onde eu parava, sorrindo quando um amigo me saudava.

"Quando me sentei na sacada da taverna, contemplando a cidade do alto, ela se uniu a mim em minhas fantasias.

"Quando, porém, eu estava na iminência de embarcar, uma grande transformação me envolveu. Senti uma mão estranha me prendendo, puxando-me para trás, e uma voz dentro de mim a murmurar: 'Recue! Não vá! Volte à praia antes que o navio parta!'.

"Não dei atenção a essa voz. Mas, quando o navio içou as velas, senti-me como um minúsculo pássaro repentinamente pego entre as garras de um falcão e carregado para as alturas no céu.

"Ao anoitecer, quando montanhas e colinas do Líbano desapareciam no horizonte, encontrei-me sozinho na proa da embarcação. Olhei à volta em busca da mulher dos meus sonhos, a mulher amada por meu coração, a esposa dos meus dias, porém ela não estava mais ao meu lado. A bela donzela cujo rosto eu via toda vez que fitava o céu, cuja voz ouvia na serenidade noturna, cuja mão eu segurava sempre que andava pelas ruas de Beirute, não estava mais comigo.

"Pela primeira vez na vida, eu estava completamente sozinho num navio que velejava pelo oceano profundo. Caminhei pelo convés, chamando por ela em meu coração, fixando o olhar nas ondas na esperança de ver seu rosto. Tudo em vão. À meia-noite, quando todos os outros passageiros haviam se retirado, eu ainda permanecia no convés, sozinho, perturbado e ansioso.

"De repente, olhei para cima e a vi, a companheira de minha vida, acima de mim, numa nuvem, a pouca distância da proa. Pulei, tomado de alegria, abri totalmente os braços e gritei: 'Por que me abandonou, minha amada? Onde esteve? Venha para junto de mim agora e nunca me deixe sozinho novamente!'.

"Ela não se moveu. Em sua fisionomia pude distinguir sinais de tristeza e sofrimento, algo que jamais vira antes. Falando suavemente e num tom triste, ela disse: 'Vim das profundezas do oceano para vê-lo mais uma vez. Agora desça a sua cabine e se entregue ao sono e aos sonhos'.

"Após proferir essas palavras, fundiu-se com as nuvens e sumiu. Como uma criança faminta, gritei por ela freneticamente. Estendi os braços em todas as direções, mas tudo que abracei foi o ar noturno, carregado de orvalho.

A voz do mestre

"Desci a minha cabine, sentindo dentro de mim o fluxo e o refluxo dos furiosos elementos. Era como se eu estivesse em outro navio, lançado nos mares bravios da confusão e do desespero. "Estranhamente, tão logo recostei no travesseiro, caí no sono. "Sonhei, e em meu sonho vi uma macieira com a forma semelhante à de uma cruz, da qual pendia, como se crucificada, a companheira de minha vida. De suas mãos e de seus pés tombavam gotas de sangue sobre as flores que caíam da árvore.

"O navio continuou a velejar diuturnamente, mas eu permanecia como perdido num transe, sem saber se era um homem que navegava para uma região distante ou um fantasma que se movia por um céu nebuloso. Em vão, implorei à Providência pelo som da voz de minha companheira, por um vislumbre de sua sombra ou pelo toque macio de seus dedos em meus lábios.

"Passaram-se catorze dias e eu permanecia sozinho. No décimo quinto, ao meio-dia, avistamos ao longe a costa da Itália e, ao anoitecer, entramos no porto. Uma multidão acomodada em gôndolas vistosamente decoradas apareceu para dar boas-vindas ao navio e conduzir os passageiros à cidade.

"Veneza está situada sobre muitas ilhotas próximas entre si. Suas ruas são canais, de modo que seus numerosos palácios e residências estão construídos na água. As gôndolas são o único meio de transporte. "Meu gondoleiro perguntou aonde eu ia. Quando lhe disse que me dirigia ao prefeito de Veneza, lançou-me um olhar de espanto. À medida que nos movíamos pelos canais, a noite estendia seu manto escuro sobre a cidade. Das janelas abertas dos palácios e das igrejas provinha o brilho de suas luzes, e o reflexo na água dava à cidade a aparência de algo contemplado no sonho de um poeta, algo ao mesmo tempo sedutor e encantador.

"Quando a gôndola alcançou a junção de dois canais, ouvi subitamente o toque lamentoso de sinos de igreja. Embora estivesse mergulhado num transe espiritual, e bastante distante de toda a realidade, aqueles sons penetraram meu coração e trouxeram depressão ao meu espírito.

"A gôndola atracou e foi amarrada ao pé de uma escada de mármore que conduzia a uma rua pavimentada. O gondoleiro apontou para um palácio magnífico situado no meio de um jardim e disse: 'Eis seu destino'. Subi lentamente os degraus que levavam ao palácio seguido pelo gondoleiro, que carregava meus pertences. Ao chegar à porta, paguei-lhe e o dispensei com meus agradecimentos.

"Toquei a campainha e a porta foi aberta. Ao entrar, fui acolhido por gemidos e pranto, o que me causou espanto e perplexidade. Um criado idoso se aproximou de mim e me indagou, em tom triste, o que eu desejava. 'Estou no palácio do prefeito?', perguntei. Ele se curvou e fez um gesto afirmativo. Entreguei-lhe a carta que me fora concedida pelo governador do Líbano. O empregado a olhou e, com um andar solene, se dirigiu à porta que dava acesso à recepção.

"Voltei-me para um jovem criado e lhe perguntei o motivo da tristeza que invadia o aposento. Ele me disse que a filha do prefeito morrera naquele dia. Ao falar, cobriu o rosto e chorou com amargura.

"Imagine os sentimentos de um homem que cruzara um oceano, oscilando o tempo todo entre a esperança e o desespero, para, no fim de sua viagem, encontrar-se à porta de um palácio habitado pelos espectros cruéis da aflição e das lamentações! Imagine os sentimentos de um estrangeiro em busca de entretenimento e hospitalidade num palácio que se vê acolhido apenas pela morte de asas brancas!

"Logo o servo idoso retornou. Fazendo uma vênia, disse: 'O prefeito está aguardando o senhor'.

"Ele, então, me conduziu a uma porta no extremo de um corredor e me fez sinal para entrar. Na recepção, encontrei muitos sacerdotes e outros dignitários, todos mergulhados num silêncio profundo. No centro da sala fui saudado por um homem idoso de longa barba branca, que apertou minha mão e disse: 'Fomos atingidos pela má sorte ao ter que acolhê-lo, vindo de uma terra distante, num dia em que nos encontra privados de nossa filha mais querida. Mas estou confiante em que nossa privação não interferirá em sua missão, a qual, esteja seguro disso, tudo farei para favorecer'.

"Agradeci-lhe a hospitalidade e expressei minhas mais profundas condolências, após o que ele me conduziu a um assento, onde me reuni ao resto das muitas pessoas caladas.

"Enquanto observava as fisionomias marcadas pela tristeza dos pranteadores e ouvia seus suspiros dolorosos, senti um aperto no coração causado pela angústia e pela infelicidade.

"Não tardou para que os pranteadores fossem embora, permanecendo ali apenas o pai angustiado e eu. Quando também esbocei um movimento na intenção de partir, ele me deteve e disse: 'Peço-lhe,

A voz do mestre

meu amigo, que não vá. Seja nosso convidado, se puder ter paciência conosco em nossa dor'.

"Suas palavras me comoveram profundamente, de modo que me curvei ligeiramente num gesto de aceitação. Ele continuou: 'Vocês, homens libaneses, são, em sua terra, extremamente generosos com o estrangeiro. Seria um grave desleixo de nossa parte, no cumprimento de nossas obrigações, sermos menos amáveis e corteses com nosso convidado vindo do Líbano'. Fez soar uma campainha e, atendendo à chamada, surgiu um mordomo impecavelmente uniformizado.

"'Conduza nosso convidado ao aposento da ala leste', disse ele, 'e cuide bem dele enquanto estiver conosco'.

"O mordomo me conduziu a um aposento amplo e luxuosamente mobiliado. Logo que se retirou, deixei-me tombar na cama e comecei a refletir sobre minha situação naquela terra estranha. Recapitulei as poucas primeiras horas passadas ali, tão longe de meu torrão natal.

"Transcorridos alguns minutos, o mordomo retornou trazendo meu jantar numa bandeja de prata. Depois de comer, pus-me a caminhar pelo quarto, parando ocasionalmente junto à janela para contemplar o céu de Veneza e escutar os gritos dos gondoleiros e as batidas rítmicas de seus remos. Não demorou para que eu ficasse sonolento. Deixando cair o corpo fatigado na cama, entreguei-me a um estado de inconsciência no qual se misturavam a embriaguez do sono e a sobriedade da insônia.

"Não sei quantas horas passei nesse estado, pois há vastos espaços de vida percorridos pelo espírito que somos incapazes de medir com o tempo, que é uma invenção do ser humano. Tudo que senti naquela oportunidade, e o que sinto agora, é a condição miserável em que me encontrava.

"Subitamente, fiquei consciente de um fantasma que pairava sobre mim, algum espírito etéreo a me chamar, porém sem quaisquer sinais perceptíveis. Levantei-me e me dirigi ao corredor, como estimulado e atraído por uma força divina. Caminhei destituído de vontade, como num sonho, sentindo como se estivesse viajando num mundo além do tempo e do espaço.

"Quando alcancei o fim do corredor, abri uma porta e me vi numa enorme sala, em cujo centro estava um ataúde circundado por velas bruxuleantes e coroas de flores brancas. Ajoelhei ao lado do caixão e contemplei a falecida. Ali, diante de mim, velado pela morte, achava-se o rosto de minha amada, a companheira de toda a minha vida. Tratava-se da mulher que eu venerava, agora atingida pelo frio da morte, amortalhada de branco, cercada por flores brancas e guardada pelo silêncio das eras.

"Ó, Senhor do amor, da vida e da morte! Tu és o criador de nossas almas. Tu conduzes nossos espíritos rumo à luz e à escuridão. Tu acalmas nossos corações e os faz acelerar movidos pela esperança e pela dor. Agora tu mostraste a mim a companheira de minha juventude sob esta forma fria e morta.

"Senhor, tu me arrancaste de minha terra e me instalaste em outra, revelaste-me o poder da morte sobre a vida e da tristeza sobre a alegria. Tu plantaste um lírio branco no deserto de meu coração partido e me afastaste para um vale distante a fim de me mostrar um lírio murcho.

"Ó, amigos de minha solidão e exílio, quis Deus que eu sorvesse a taça amarga da vida. Que seja feita Sua vontade! Não passamos de frágeis átomos no céu do infinito, e tudo que podemos fazer é obedecer e nos render à vontade da Providência.

"Se amamos, nosso amor não provém de nós nem é para nós. Se nos rejubilamos, nossa alegria não está em nós, mas na própria vida. Se sofremos, nossa dor não reside em nossas feridas, mas no próprio coração da natureza.

"Não me queixo ao fazer esta narrativa, pois aquele que se queixa duvida da vida, ao passo que eu creio firmemente nela. Creio no valor da amargura mesclada em cada poção que sorvo da taça da vida. Creio na beleza da tristeza que penetra meu coração. Creio na derradeira misericórdia desses dedos de aço que esmagam minha alma.

"Esta é minha história. Como posso findá-la quando na verdade ela não tem fim?

"Ali fiquei ajoelhado diante daquele ataúde, perdido no silêncio, e fitei aquela fisionomia angélica até o romper da aurora. Então, levantei-me e voltei ao meu aposento, curvado sob o peso da eternidade e sustentado pela dor da humanidade que sofre.

"Três semanas depois deixei Veneza e retornei para o Líbano. Era como se tivesse passado milhares de anos nas profundezas extensas c silentes do passado.

"A visão, porém, permaneceu. Embora houvesse encontrado novamente minha companheira apenas na morte, ela ainda se mantinha viva em mim. Sob sua sombra trabalhei e aprendi. Quais trabalhos foram esses, você, meu discípulo, conhece bem. "Lutei para transmitir ao meu povo e aos seus governantes o conhecimento e a sabedoria que adquiri. Trouxe a Al-Haris, governador do Líbano, o grito dos oprimidos, que eram esmagados por injustiças e males cometidos por funcionários de seu Estado e representantes de sua Igreja.

"Aconselhei-o a seguir o caminho de seus ancestrais e tratar seus súditos como seus ancestrais haviam feito, com clemência, amor e compreensão. Eu lhe disse: 'O povo é a glória de nosso reino e a fonte da riqueza do reino'. E disse também: 'Quatro coisas um governante deve banir do seu reino – ira, avareza, falsidade e violência'.

"Devido a isso e a outros ensinamentos, fui punido, desterrado e excomungado pela Igreja.

"Certa noite, Al-Haris, com o coração transtornado, não conseguia dormir. De pé junto à janela, ele contemplava o firmamento. 'Que maravilha!'. 'Tantos corpos celestes perdidos no infinito!'. 'Quem criou esse mundo misterioso e admirável?'. 'Quem dirigia esses astros em seus cursos?'. 'Qual a relação desses planetas distantes com o nosso?'. 'Quem sou eu e por que estou aqui?'. Al-Haris confidenciou todas essas coisas a si mesmo.

"Lembrou-se, então, de haver me desterrado e se arrependeu do tratamento cruel que infligira a mim. Imediatamente, mandou me chamar e implorou meu perdão. Honrou-me com um traje de funcionário público e, perante todo o povo, proclamou a mim seu conselheiro, colocando uma chave de ouro em minha mão.

"Quanto aos meus anos exilado, nada tenho a lamentar. Aquele que se dispõe a buscar a verdade e proclamá-la à humanidade está sujeito ao sofrimento. Minhas aflições me ensinaram a compreender as de meus semelhantes – nem a perseguição nem o exílio debilitaram a visão dentro de mim.

"E agora estou cansado."

Ao fim da narrativa, o mestre dispensou seu discípulo, cujo nome era Almuhtada, que significa "o convertido", e subiu para o seu refúgio a fim de proporcionar repouso ao corpo e à alma das fainas das lembranças antigas.

2. A morte do mestre

Duas semanas depois o mestre adoeceu e uma multidão de admiradores compareceu ao eremitério para se informar a respeito de sua saúde. Quando o grupo chegou ao portão do jardim, viu sair dos aposentos do mestre um sacerdote, uma freira, um médico e Almuhtada. O amado discípulo anunciou a morte do mentor. A multidão se pôs a gemer e lamentar, porém Almuhtada não chorou nem proferiu uma única palavra.

Por algum tempo, o discípulo se manteve nas suas ponderações. A seguir, ficou de pé sobre a rocha junto da lagoa e falou:

"Irmãos e compatriotas, vocês já sabem da morte do mestre. O profeta imortal do Líbano se entregou ao sono eterno e sua alma abençoada paira sobre nós nos céus do espírito muito além da tristeza e do pranto. Sua alma se libertou da servidão do corpo, da febre e dos fardos desta vida terrestre.

"O mestre deixou este mundo da matéria vestido com trajes de glória e foi para outro mundo livre de misérias e aflições. Está agora onde nossos olhos são incapazes de vê-lo e nossos ouvidos não são capazes de ouvi-lo. Habita o mundo do espírito, onde aqueles que também lá habitam precisam muito dele. Está agora colhendo conhecimento num novo cosmo, cujas história e beleza sempre o fascinaram e cuja linguagem ele sempre se empenhou em aprender.

"Sua vida na Terra constituiu uma longa cadeia de feitos grandiosos, pautada por uma reflexão constante, pois ele desconhecia qualquer repouso exceto no trabalho. Amava o trabalho, ao qual definia como *amor visível*.

"Tinha uma alma sedenta incapaz de repousar, salvo no regaço da vigília. Seu coração amoroso transbordava bondade e zelo. "Tal foi a vida que levou sobre a Terra.

"Ele foi uma fonte de saber que brotava do seio da eternidade, um regato puro de sabedoria a regar e refrescar a mente humana. "Agora esse rio atingiu as praias da vida eterna. Que nenhum intruso lamente por ele ou verta lágrimas no seu desenlace!

"Lembrem-se de que só são merecedores de suas lágrimas e seus lamentos aqueles que estiveram diante do templo da vida e jamais geraram frutos na terra com uma gota de suor de suas frontes ao deixá-la.

"No que toca ao mestre, no entanto, não passou todos os dias trabalhando em benefício da humanidade? Haverá alguém entre vocês que não tenha bebido da fonte pura de sua sabedoria? Assim, se o desejo de vocês é lhe prestar honra, ofereçam à sua alma abençoada um hino de louvor e ação de graças, não cantos fúnebres e lamentações. Se desejam reverenciá-lo devidamente, reivindiquem seu direito a uma porção do conhecimento presente nos livros de sabedoria por ele deixados como legado para o mundo.

"Não *deem* ao gênio, mas dele tomem! Só assim vocês o estarão honrando. Não pranteiem por ele, mas se alegrem e bebam fartamente a sabedoria do mestre. Somente assim estarão lhe prestando o tributo que é legitimamente seu."

Após ouvir o discurso do discípulo, a multidão retornou aos seus lares, com os lábios compondo sorrisos e os corações entoando canções de ação de graças.

Almuhtada foi deixado sozinho neste mundo, mas a solidão jamais se apoderou de seu coração, pois a voz do mestre não cessava de ressoar em seus ouvidos, incitando-o a continuar seu trabalho e semear as palavras do profeta nos corações e nas mentes de todos aqueles que se predispusessem a ouvir. Passou muitas horas sozinho no jardim meditando, debruçado sobre os rolos de pergaminho que o mestre lhe deixara e nos quais ele havia registrado suas palavras de sabedoria.

Transcorridos quarenta dias de meditação, Almuhtada deixou o refúgio de seu mestre e iniciou sua perambulação por aldeias, povoados e cidades da antiga Fenícia.

A voz do mestre

Um dia, ao atravessar a praça do mercado de Beirute, uma multidão o seguiu. Deteve-se numa alameda pública e o grupo se reuniu em torno dele, que, com a voz do mestre, disse o seguinte: "A árvore de meu coração está carregada de frutos. Vinde, vós, os famintos, e os colhei. Comei até a satisfação. Vinde, recebei do meu coração generoso e aliviai minha carga. Minha alma se acha fatigada sob o peso do ouro e da prata. Vinde, vós os que buscais tesouros ocultos, enchei vossas bolsas e aliviai-me de meu fardo. "Meu coração transborda o vinho de muitas eras. Vinde todos vós que estais sedentos, bebei e saciai vossa sede.

"No outro dia vi um homem abastado de pé diante da porta do templo, com as mãos estendidas e repletas de pedras preciosas. Chamava os passantes dizendo: 'Tenham piedade de mim. Tirem estas joias de mim, pois elas tornaram minha alma enferma e endureceram meu coração. Compadeçam-se de mim, levem-nas e devolvam minha saúde e integridade'.

"Nenhuma das pessoas que passavam, porém, atendeu às suas súplicas.

"Olhei para o homem e disse a mim mesmo: 'Certamente mais lhe valeria ser um pobre a perambular pelas ruas de Beirute, estendendo uma das mãos trêmulas a pedir esmolas, retornando ao anoitecer a sua casa com as mãos vazias'.

"Vi um xeique rico e generoso de Damasco instalando suas tendas nas regiões selvagens do deserto da Arábia e nos flancos das montanhas. À noite, ele enviava seus escravos para deterem viajantes a fim de encaminhá-los às suas tendas para se abrigarem e se distraírem. Mas as estradas de difícil acesso estavam desertas e os servos não lhe traziam nenhum convidado.

"Ponderei sobre a situação do xeique solitário e meu coração me disse estas palavras: 'Certamente, mais lhe valeria ser um vagabundo munido de um cajado na mão e um balde vazio a pender do braço, compartilhando ao meio-dia o pão da amizade com os companheiros junto aos montes de lixo nos limites da cidade'.

"No Líbano, vi a filha do governador despertar de seu sono, vestida com um traje magnífico. Seus cabelos estavam salpicados de almíscar e o corpo, untado de perfume. Ela penetrou o jardim do palácio de seu pai à procura de um amante. As gotas de orvalho sobre o tapete de relva molhavam a orla de suas vestes. Mas ai dela! Não havia um único, entre todos os súditos de seu pai, que a amasse.

"À medida que eu refletia sobre a condição desditosa da filha do governador, minha alma me advertia, dizendo: 'Não seria de mais valia para ela ser a filha de um simples camponês, a guiar os rebanhos de seu pai até o pasto e, ao anoitecer, trazê-los de volta ao aprisco, tendo sobre sua grosseira vestimenta de pastora o cheiro da terra e dos vinhedos? Ao menos ela poderia se esgueirar da choupana de seu pai e, no silêncio da noite, se dirigir ao seu amado, que estaria à sua espera junto a um regato sussurrante'.

"A árvore de meu coração está carregada de frutos. Vinde, vós de almas famintas, colhei-os, comei-os até vos satisfazer. Meu espírito transborda de vinho envelhecido. Vinde, vós de corações sedentos, bebei e saciai vossa sede.

"Que eu seja uma árvore que nem floresce nem dá frutos, pois a dor da fertilidade é mais cruel do que a amargura da esterilidade e o sofrimento do rico generoso, mais terrível do que a miséria do pobre desafortunado.

"Que eu seja um poço seco, de modo que as pessoas possam lançar pedras no meu fundo, pois mais vale ser um poço vazio do que uma fonte de água pura que não foi tocada por lábios sedentos.

"Que eu seja um caniço partido, pisoteado sob os pés de um homem, pois isso é melhor do que ser uma lira na casa de alguém cujos dedos estão cobertos de bolhas e os moradores são surdos.

"Ouvi-me, vós filhos e filhas de minha pátria. Meditai nessas palavras que a vós chegam pela voz do profeta. Encontrai espaço para elas nos recintos de vossos corações e permiti que a semente da sabedoria floresça no jardim de vossas almas, pois essa é a dádiva preciosa do Senhor."

A fama de Almuhtada se espalhou por todo o país e muitas pessoas provenientes de outras nações vieram a ele prestar reverência e ouvir o porta-voz do mestre.

Médicos, juristas, poetas e filósofos lhe dirigiam uma avalanche de perguntas sempre que o encontravam – nas ruas, na igreja,

A voz do mestre

na mesquita, na sinagoga ou em qualquer outro lugar em que se reunissem. Suas mentes se enriqueciam com seus belos discursos, que passavam de boca a boca.

Ele lhes falava da vida e da realidade da vida, dizendo:

"O ser humano é como a espuma do mar que flutua na superfície da água: quando o vento sopra, ela some, como se nunca tivesse existido. Assim são nossas vidas vencidas pela morte.

"A realidade da vida é a própria vida, cujo começo não é no útero e o fim não é no túmulo, pois os dias que transcorrem não passam de um momento na vida eterna. O mundo da matéria e tudo que nele está encerrado são somente um sonho comparado ao despertar que chamamos de terror da morte.

"O éter carrega todo riso, todo suspiro proveniente de nossos corações, e preserva seu eco, que responde a todo beijo cuja fonte é alegria.

"Os anjos computam toda lágrima derramada por força da tristeza e transmitem aos ouvidos dos espíritos que pairam nos céus do infinito cada canção de alegria feita de nossas afeições.

"Lá, no mundo vindouro, perceberemos e sentiremos todas as vibrações de nossos sentimentos e os impulsos de nossos corações. Entenderemos o sentido da divindade no interior de nós, divindade que desprezamos por sermos movidos pelo desespero.

"A ação que em nossa culpa denominamos hoje fraqueza surgirá amanhã como um elo essencial da corrente completa do ser humano.

"As cruéis tarefas pelas quais não recebemos nenhuma recompensa viverão conosco, revelarão seu esplendor e farão a proclamação de nossa glória. E os sofrimentos que suportamos serão como uma coroa de louros sobre nossas cabeças honradas."

Após proferir essas palavras, o discípulo estava prestes a se afastar da multidão e repousar o corpo das fadigas do dia quando observou um jovem que fitava uma linda moça, com olhos que refletiam perplexidade.

Ele se dirigiu ao rapaz, dizendo:

"Está confuso devido aos muitos credos professados pelo ser humano? Está perdido no vale das crenças em conflito? Pensa que a liberdade do herege é um fardo menor do que o jugo da submissão e que a liberdade da dissidência é mais segura do que a fortaleza da aquiescência?

"Se esse for o caso, faça então da beleza sua religião e a venere como sua divindade, pois ela é a obra manifesta e perfeita de Deus. Livre-se daqueles que brincaram com a religiosidade como se fosse uma impostura, combinando cobiça e arrogância. Em vez disso, creia na divindade da beleza, a qual é simultaneamente o começo de sua adoração da vida e fonte de sua fome de felicidade.

"Faça penitência perante a beleza e resgate seus pecados, porquanto a beleza aproxima seu coração do trono da mulher, o qual é o espelho de suas afeições e o mestre de seu coração nos caminhos da natureza, que é onde sua vida tem domicílio."

Antes de dispensar o povo reunido, acrescentou:

"Há dois tipos de pessoas neste mundo: as de ontem e as de amanhã. A que tipo vocês pertencem, meus irmãos? Venham e me deixem olhá-los de perto para saber se são daqueles que ingressam no mundo da luz ou daqueles que avançam rumo à região das trevas. Venham e me digam quem vocês são e o que são.

"São políticos que dizem a si mesmos: 'Vou me servir de meu país para meu próprio benefício'? Se for assim, não passam de parasitas a se nutrir da carne alheia. Ou são patriotas dedicados, que murmuram ao ouvido de seu eu interior: 'Muito me agrada servir ao meu país como um servo fiel'. Se esse for o caso, são um oásis no deserto, prontos para saciar a sede do viajante.

"Ou são mercadores que tiram vantagem do povo necessitado, monopolizando mercadorias para revendê-las a um preço exorbitante? Se for isso, são uns patifes, independentemente de morarem num palácio ou numa prisão.

"São pessoas honestas, que permitem ao fazendeiro e ao tecelão permutarem seus produtos, que servem de mediadores entre comprador e vendedor e que, por meio de uma conduta correta, auferem lucros tanto para si quanto para os outros? Se esse for o caso, são pessoas justas, não importando se são objeto de louvor ou de reprovação.

"São líderes religiosos que tecem uma veste escarlate para o corpo com base na simplicidade dos fiéis, que confeccionam uma coroa de ouro para a cabeça com base na bondade deles e que, enquanto vivem na fartura de Satã, vomitam seu ódio por ele? Se for o caso, são hereges, independentemente de jejuarem o dia inteiro e rezarem a noite inteira.

"Ou são criaturas humanas dotadas de fé que, na bondade do povo, encontram a base do aprimoramento de toda a nação e cuja

A voz do mestre

alma é a escada da perfeição que conduz ao Espírito Santo? Se forem tais criaturas, são como um lírio no jardim da verdade, e não importa se a fragrância de vocês se perde entre os homens ou se dispersa no ar, onde será eternamente preservada.

"São jornalistas que vendem seus princípios nos mercados de escravos e que engordam à custa de mexericos, infelicidade e crime? Se for esse o caso, assemelham-se a abutres vorazes cuja presa é carniça apodrecida.

"Ou são professores postados no patamar elevado da história que, inspirados pelas glórias do passado, pregam à humanidade e agem segundo o que pregam? Sendo esse o caso, são um tônico para a espécie humana doente e um bálsamo para o coração ferido.

"São governantes que não atribuem valor e respeito aos governados, jamais se ocupando com a atividade externa, a não ser para saquear as bolsas dos governados ou explorá-los para o próprio lucro? Se assim for, são como pragas na eira da nação.

"Ou são servidores dedicados que amam o povo e estão constantemente zelando pelo bem-estar dele, ciosos em relação à prosperidade da população? Se for assim, são como uma bênção nos celeiros do país.

"São maridos que têm os próprios erros cometidos na conta de lícitos, mas tratam os das esposas como ilícitos? Se a resposta a isso for afirmativa, assemelham-se àqueles selvagens de tribos extintas que viviam em cavernas e cobriam o corpo nu com peles de animais.

"Ou são companheiros fiéis, cujas esposas se mantêm sempre ao seu lado, compartilhando cada uma de suas ideias, dos seus arrebatamentos e das suas vitórias? Se assim for, são como alguém que à aurora caminha na liderança de uma nação rumo ao meio-dia em ponto da justiça, da razão e da sabedoria.

"São escritores que erguem orgulhosamente a cabeça acima da multidão, enquanto seus cérebros mergulham no abismo do passado atulhado de farrapos e rebotalhos inúteis das eras? Se for assim, são como uma lagoa de água estagnada.

"Ou são pensadores argutos que examinam o próprio eu interior, descartando aquilo que é inútil, desgastado e maléfico, preservando ao mesmo tempo aquilo que é proveitoso e bom? Em caso afirmativo, são como o maná à disposição dos famintos e como água fresca e limpa à disposição dos sedentos.

"São poetas espalhafatosos e que emitem sons vazios? Se forem, são como um desses charlatões que nos levam ao riso ao chorarem e ao pranto quando riem.

"Ou estão entre essas almas talentosas em cujas mãos Deus depositou uma viola para confortar o espírito com música celestial e aproximar seus semelhantes da vida e da beleza da vida? Se estão, são como uma tocha a nos iluminar em nossa estrada, uma doce saudade em nossos corações e uma revelação do divino em nossos sonhos.

"Assim a humanidade se divide em duas grandes colunas: uma composta de velhos e curvados – que se sustentam sobre cajados tortos e que, à medida que trilham a senda da vida, ofegam como se estivessem subindo até o topo de uma montanha quando, na verdade, estão descendo ao abismo – e outra composta de jovens que correm como se tivessem pés alados, cantando como se suas gargantas fossem dotadas de cordas de prata, e que sobem rumo ao topo da montanha como atraídos por algum poder irresistível, mágico.

"A qual desses dois cortejos vocês pertencem, meus irmãos? Façam a si mesmos essa pergunta quando estiverem sozinhos no silêncio da noite.

"Julguem por si mesmos se estão com os escravos do ontem ou com as pessoas livres do amanhã."

Almuhtada voltou ao seu refúgio, conservando-se recluso por muitos meses, lendo e ponderando as palavras de sabedoria que o mestre havia registrado nos rolos de pergaminho que lhe haviam sido legados. Aprendeu muito, porém achou que muitas coisas não aprendera nem nunca ouvira dos lábios do mestre. Fez o voto de que jamais deixaria o eremitério enquanto não tivesse estudado e dominado tudo que o mestre deixara atrás de si, de modo que pudesse transmiti-lo aos seus conterrâneos. Assim, Almuhtada se devotou à leitura atenta dos discursos de seu mestre, ficando nisso absorto, abstraído de si mesmo e de todos ao seu redor, instalando no esquecimento todos aqueles que o haviam ouvido nas praças e nas ruas de Beirute.

Foi em vão que seus admiradores tentaram ter acesso a ele, de modo que todos se mostravam muito preocupados. Mesmo quando o governador de Monte Líbano o convocou para que se dirigisse aos

A voz do mestre

funcionários do Estado, Almuhtada declinou, dizendo: "Logo retornarei ao senhor com uma mensagem especial para todo o povo".

O governador emitiu um decreto segundo o qual, no dia do reaparecimento de Almuhtada, todos os cidadãos deveriam recebê-lo e dar-lhe boas-vindas em seus lares, igrejas, mesquitas, sinagogas e estabelecimentos de ensino, bem como ouvir com reverência suas palavras, porque a voz dele era a voz do profeta.

O dia em que Almuhtada finalmente saiu de seu refúgio para dar início a sua missão se converteu num dia de regozijo e festividade para todos. Almuhtada discursou livremente e sem qualquer impedimento – pregou o evangelho do amor e da fraternidade. Ninguém ousou ameaçá-lo com o exílio do país ou excomungá-lo da Igreja. Quão diferente havia sido o destino de seu mestre, cuja sorte foram o banimento e a excomunhão antes de ser finalmente perdoado e chamado a voltar!

O discurso de Almuhtada foi ouvido em todo o Líbano. Mais tarde, foi impresso em livro sob a forma de epístolas e distribuído na antiga Fenícia e em outros países árabes. Algumas das epístolas estão nas próprias palavras do mestre, ao passo que outras foram o produto da seleção feita por mestre e discípulo de antigos livros de sabedoria e tradição.

29

Segunda Parte
As palavras do mestre

1. Da vida

A vida é uma ilha num oceano de solidão cujas rochas são esperanças, as árvores são sonhos, as flores são solidão e os regatos são desejo.

A vida de vocês, meus semelhantes, é uma ilha separada de todas as demais ilhas e regiões. Não importam quantos navios partam de suas praias para outros lugares ou quantas frotas toquem sua costa, vocês continuam sendo uma ilha solitária, sofrendo as angústias da solidão e ansiando pela felicidade. São desconhecidos de seus semelhantes e estão muito distanciados da simpatia e do entendimento deles.

Meu irmão, eu o vi sentado em seu monte de ouro se alegrando com suas riquezas, orgulhoso de seus tesouros e confiante em sua crença de que cada punhado de ouro que acumulou é um elo invisível que une desejos e pensamentos de outros homens aos seus.

Eu o vi com o olho de minha mente como um grande conquistador a conduzir suas tropas com o objetivo de destruir as fortalezas de seus inimigos. Mas, quando olhei novamente, tudo que vi foi um coração solitário definhando atrás de seus cofres de ouro, um pássaro com sede numa gaiola dourada com seu recipiente de água vazio.

Eu o vi, meu irmão, sentado no trono da glória, com seu povo ao redor a aclamar sua majestade e entoar louvores às suas proezas, exaltando sua sabedoria e o fitando como na presença de um profeta; os espíritos deles exultavam até a abóbada celeste.

Quando você olhou fixamente para seus súditos, vi em seu rosto as marcas da felicidade, do poder e do triunfo, como se você fosse a alma do corpo deles.

Ao olhar de novo, no entanto, encontrei-o só em sua solidão, de pé ao lado de seu trono, um desterrado estendendo a mão em todas as direções, implorando misericórdia e bondade de espectros invisíveis, suplicando um abrigo, como se nada nele houvesse senão calor e amizade.

Eu o vi, meu irmão, apaixonado por uma bela mulher, depositando seu coração no altar da beleza dela. Quando a vi fitando-o com ternura e amor maternal, disse a mim mesmo: "Longa vida para o amor que deu fim à solidão desse homem e uniu seu coração a outro".

Quando olhei novamente, entretanto, vi, no interior de seu coração amoroso, outro coração, solitário, clamando em vão para revelar os segredos dele a uma mulher, e, atrás de sua alma repleta de amor, outra alma, solitária, que era como uma nuvem errante a desejar em vão que pudesse se converter em gotas de chuva nos olhos de sua amada.

Sua vida, meu irmão, é uma habitação solitária separada das moradias de outros homens, uma casa cujo interior é impenetrável ao olhar de qualquer vizinho. Se fosse tragada pelas trevas, a candeia de seu vizinho não poderia iluminá-la. Se fossem esgotadas as provisões dela, os estoques de seu vizinho não poderiam reabastecê-la. Caso estivesse situada num deserto, você não poderia movê-la para os jardins de outros homens, cultivados e plantados por outras mãos. Se estivesse no cume de uma montanha, não poderia levá-la ao vale pisado pelos pés de outros homens.

A vida de seu espírito, meu irmão, está envolvida pela solidão, e, não fosse por essa solidão e esse isolamento, você não seria *você* nem eu seria *eu*. Não fosse por essa solidão e esse isolamento, ao escutar sua voz, eu acreditaria se tratar da minha, ou, ao ver seu rosto, imaginaria ser eu mesmo a olhar para um espelho.

2. Dos mártires da lei dos homens

Você é alguém que nasceu no berço do sofrimento e foi criado no regaço do infortúnio e na casa da opressão? Come uma côdea seca de pão molhada de lágrimas? Bebe a água turva na qual se misturam sangue e lágrimas?

É um soldado obrigado pela lei cruel dos homens a abandonar esposa e filhos e ir para o campo de batalha em nome da avidez que seus líderes chamam erroneamente de dever?

É um poeta satisfeito com suas migalhas de vida, feliz na posse do pergaminho e da tinta, que reside no seu país como um estrangeiro, desconhecido de seus semelhantes?

É um prisioneiro confinado num calabouço escuro devido a alguma transgressão insignificante e condenado por aqueles que procuram recuperar seres humanos corrompendo-os?

É uma jovem a quem Deus concedeu beleza, mas que se tornou presa da devassidão dos ricos, que a enganaram e compraram seu corpo, porém não seu coração, e a abandonaram reduzindo-a à miséria e à angústia?

Se você é um desses, é um mártir da lei dos homens, um desafortunado, e sua infelicidade é o produto da iniquidade do poderoso, da injustiça do tirano, da brutalidade do rico e do egoísmo do lascivo e do cúpido.

Confortai-vos, meus fracos bem-amados, pois existe um grande poder por trás e além deste mundo de matéria, um poder que é inteiramente justiça, misericórdia, compaixão e amor.

Vocês são como uma flor que cresce à sombra: a brisa suave surge e carrega a semente de vocês para a luz do sol, onde viverão novamente na beleza.

São como a árvore nua curvada sob o peso da neve: a primavera chegará e estenderá seus trajes verdes sobre vocês e a verdade rasgará o véu de lágrimas que oculta seus risos. Eu os acolho, meus irmãos aflitos, amo-os e desprezo seus opressores.

3. Pensamentos e meditações

A vida nos arrebata e nos leva de um lugar para outro. O destino nos move de um ponto a outro. Nós, apanhados entre esses dois, ouvimos vozes terríveis e só vemos o que se põe em nosso caminho como entrave e obstáculo.

A beleza se nos revela ao sentar-se no trono da glória, mas nos aproximamos dela em nome da luxúria, arrancamos-lhe a coroa de pureza e sujamos suas vestes com os males que cometemos.

O amor passa por nós vestido de brandura, mas fugimos dele amedrontados, escondemo-nos nas sombras ou o perseguimos para perpetrar o mal em seu nome.

Até os mais sábios entre nós se curvam sob o grande peso do amor, mas na verdade ele é tão leve quanto a brisa travessa do Líbano.

A liberdade nos convida para sua mesa, em que podemos repartir seus alimentos saborosos e seu vinho delicioso. Mas, quando sentamos, comemos vorazmente e nos comportamos como glutões.

A natureza nos atinge com braços acolhedores e nos convida a gozar de sua beleza, mas seu silêncio nos atemoriza e nos precipitamos para as cidades lotadas para nelas nos acotovelarmos, à semelhança de carneiros que fogem de um lobo feroz.

A verdade, atraída pelo riso inocente de uma criança ou pelo beijo de um ente amado, nos conclama, mas cerramos as portas da afeição no rosto dela e a tratamos como inimiga.

O coração humano brada por socorro, a alma humana nos implora sua libertação, mas não damos atenção aos seus gritos, uma vez que não os ouvimos nem os entendemos. Todavia, classificamos de louco o homem que ouve e entende e dele fugimos. Assim, as noites transcorrem e vivemos na inconsciência. Os dias nos saúdam e nos envolvem, mas vivemos mergulhados num temor constante do dia e da noite. Ligamo-nos à terra enquanto o portal do coração do Senhor permanece escancarado. Pisoteamos o pão da vida enquanto a fome atormenta nossos corações. Quão boa é a vida para o ser humano e, no entanto, quão distanciado está o ser humano da vida!

4. Do primeiro olhar

É esse momento que separa a embriaguez da vida do despertar. É a primeira chama que acende o domínio interior do coração. É a primeira nota mágica arrancada da corda de prata do coração. É aquele breve momento que exibe ante a alma as crônicas do tempo e revela aos olhos as ações da noite e as obras da consciência. É a abertura de segredos futuros que pertencem à eternidade. É a semente lançada por Ishtar, deusa do amor, e semeada pelos olhos do amado no campo do amor, gerada pela afeição e colhida pela alma.

O primeiro olhar provindo dos olhos do amado é como o espírito que se movia na superfície das águas, dando origem ao céu e à Terra, quando o Senhor tomou a palavra e disse: "Que assim seja!".

Do primeiro beijo

É o primeiro pequeno gole da taça enchida pela deusa com o néctar da vida. É a linha divisória entre a dúvida que engana o espírito e entristece o coração e a certeza que inunda o eu interior de júbilo. É o princípio da canção da vida e o primeiro ato no drama do ser humano ideal. É o laço que une a estranheza do passado à clareza do futuro, o vínculo entre o silêncio dos sentimentos e o canto deles. É uma palavra pronunciada por quatro lábios proclamando o coração um trono, o amor um rei e a fidelidade uma coroa. É o toque suave dos dedos delicados da brisa nos lábios da rosa emitindo um longo suspiro de alívio e um doce gemido.

É o começo daquela vibração mágica que transporta os amantes do mundo de pesos e medidas para o de sonhos e revelações.

É a união de duas flores perfumadas e a combinação de seus perfumes visando à criação de uma terceira alma.

Como o primeiro olhar se assemelha a uma semente semeada pela deusa no campo do coração humano, o primeiro beijo é a primeira flor na extremidade do ramo da árvore da vida.

Do casamento

Aqui o amor começa a traduzir a prosa da vida em hinos e cânticos de louvor com música composta à noite para ser cantada de dia. Aqui a ânsia do amor ergue o véu e ilumina os recessos do coração, criando uma felicidade que nenhuma outra pode superar, exceto aquela da alma ao abraçar Deus.

O casamento é a união de duas divindades para que uma terceira possa nascer na Terra. É a união de duas almas num amor poderoso que determina a abolição da separação. É aquela unidade mais elevada que funde as unidades dissociadas no interior dos dois espíritos. É o anel de ouro numa corrente cujo começo é um olhar e o fim é a eternidade. É a chuva pura que se precipita de um céu imaculado para frutificar e abençoar os campos da natureza divina.

Como o primeiro olhar proveniente dos olhos do ente amado se assemelha a uma semente semeada no coração humano e o primeiro beijo nos seus lábios se assemelha a uma flor na extremidade da árvore da vida, a união de dois amantes no casamento se assemelha ao primeiro fruto da primeira flor daquela semente.

5. Da divindade do ser humano

A primavera chegou e a natureza começou a se expressar no sussurro de regatos e arroios e nos sorrisos das flores, assim como a alma do ser humano foi tornada feliz e contente.

Então, subitamente, a natureza se tornou furiosa e devastou a bela cidade, ao passo que o ser humano esqueceu o riso, a doçura e a bondade dela.

Por uma hora, uma força terrível e cega destruíra o que levou gerações para ser construído. A morte aterradora prendeu seres humanos e animais em suas garras e os esmagou.

Incêndios devastadores consumiram pessoas e seus bens, uma noite profunda e aterrorizante ocultou a beleza da vida sob uma mortalha de cinzas. Os elementos pavorosos foram devastadores e aniquilaram os seres humanos, suas habitações e todos os produtos confeccionados por suas mãos.

Em meio a esse trovejar aterrorizante de destruição procedente das entranhas da Terra, a essa miséria e a essa ruína estava a pobre alma, observando à distância tudo isso e meditando tristemente sobre a debilidade do ser humano e a onipotência de Deus. Refletia no inimigo do homem oculto profundamente abaixo das camadas da Terra e entre os átomos do éter. Ouvia os gemidos das mães e das crianças famintas e partilhava de seu sofrimento. Ponderava acerca da selvageria dos elementos e da pequenez humana. E lembrou como apenas

41

no dia anterior os filhos do homem haviam dormido em segurança em seus lares, ao passo que hoje eram fugitivos destituídos de lares, lamentando por sua bela cidade enquanto a contemplavam ao longe, com a esperança transformada em desespero; a alegria, em tristeza; a vida de paz, em estado de guerra. Sofria com os corações partidos que haviam sido presos nas garras férreas da tristeza, da dor e do desespero.

Enquanto a alma permanecia ali a ponderar, sofrer e duvidar da justiça da lei divina que congrega todas as forças do mundo, murmurou no ouvido do silêncio:

"Por trás de toda essa criação há uma sabedoria eterna que produz fúria e destruição, mas que produzirá ainda uma beleza imprevisível, pois fogo, trovão e tempestades são para a Terra o que são para o coração humano ódio, inveja e maldade.

"Enquanto a nação angustiada enchia o firmamento de gemidos e lamentações, a memória trouxe a minha mente todas as advertências, calamidades e tragédias representadas no palco do tempo.

"Vi o ser humano, ao longo da história, erigir torres, palácios, cidades e templos sobre a superfície da Terra, assim como vi a Terra se voltar contra eles e tragá-los em seu seio.

"Vi homens poderosos construírem castelos inexpugnáveis e observei artistas embelezarem suas paredes com pinturas. Em seguida, vi a Terra bocejar, escancarar a boca e engolir tudo que a mão habilidosa e a mente brilhante do gênio haviam moldado.

"Eu soube que a Terra é como uma linda noiva que prescinde de joias artificiais para ampliar sua beleza, contentando-se com o verde de seus campos, as areias douradas de suas praias e as pedras preciosas de suas montanhas.

"Quanto ao ser humano em sua divindade, entretanto, vi-o ereto como um gigante em meio à ira e à destruição, zombando da raiva da Terra e da fúria dos elementos.

"Semelhante a uma coluna de luz, o ser humano se manteve em meio às ruínas de Babilônia, Nínive, Palmira e Pompeia, e enquanto estava de pé cantava a canção da imortalidade:

Que a Terra tome
Aquilo que é dela,
Pois eu, ser humano, não tenho fim."

6. Da razão e do conhecimento

Quando a razão lhe falar, ouça com atenção o que ela diz e será salvo. Faça bom uso dos discursos dela e será como alguém que conta com uma arma. De fato, o Senhor não lhe concedeu guia melhor do que a razão, arma mais poderosa do que a razão. Quando a razão fala ao seu eu interior, você terá a proteção contra o desejo, pois a razão é um ministro prudente, um guia leal e um conselheiro sábio. A razão é a luz nas trevas, da mesma forma que a ira é a escuridão em meio à luz. Seja sábio: permita que a razão, e não o impulso, o conduza.

Apesar disso, esteja atento, visto que, mesmo que a razão esteja do seu lado, ela é impotente sem o auxílio do conhecimento. Na ausência de seu irmão de sangue, o conhecimento, a razão é semelhante ao pobre destituído de moradia, e o conhecimento desprovido de razão é como uma moradia sem segurança. Mesmo o amor, a justiça e a bondade são de pouca valia se também a razão não estiver presente.

O homem possuidor de erudição destituído de discernimento é como um soldado desarmado que marcha para a batalha: sua ira envenenará a fonte límpida da vida de sua comunidade e ele será como um grão de aloés num jarro de água pura.

Razão e conhecimento são como corpo e alma: sem o corpo, a alma é apenas um sopro vazio; sem a alma, o corpo é somente uma estrutura destituída de senso.

KHALIL GIBRAN

*

A razão sem conhecimento se assemelha ao solo não cultivado ou ao corpo humano desnutrido.

A razão não é como as mercadorias vendidas nos mercados, que quanto mais copiosas, menos valor têm. O valor da razão aumenta com sua abundância. Mas, fosse ela vendida no mercado, somente o sábio entenderia seu verdadeiro valor.

O tolo nada vê senão tolice, da mesma forma que tudo que o louco vê é loucura. Ontem pedi a um tolo que contasse os tolos presentes entre nós. Ele riu e disse: "Isso é algo difícil demais de ser feito e levará muito tempo. Não seria melhor contar somente os sábios?".

Conheça o próprio valor genuíno e não perecerá. A razão é sua luz e seu farol da verdade. A razão é a fonte da vida. Deus lhe concedeu o conhecimento para que, com a luz dele, você possa não se limitar a adorá-lo, mas também ver a si mesmo em sua fraqueza e força.

Se você não distingue a partícula de pó em seu próprio olho, certamente não a verá no de seu vizinho.

Examine sua consciência diariamente e corrija seus erros. Se faltar a esse dever, será desleal com o conhecimento e a razão presentes dentro de si.

Mantenha vigilância de si mesmo como se fosse seu próprio inimigo, porque é impossível aprender a governar a si mesmo sem antes aprender a governar as próprias paixões e obedecer aos ditames de sua consciência.

Certa vez, ouvi um homem sábio dizer: "Todos os males têm remédio, exceto a insensatez. Repreender um insensato teimoso ou pregar para um tolo é como escrever na água. Cristo curou os cegos, os coxos, os paralíticos e os leprosos, mas não conseguiu curar os insensatos.

"Estude uma questão sob todos os ângulos e descobrirá onde o erro se infiltrou.

"Se o portal de sua casa for largo, cuide para que a porta dos fundos não seja demasiado estreita.

"Aquele que tenta agarrar uma oportunidade após ela lhe haver passado é como aquele que percebe a aproximação dela mas não vai ao seu encontro."

Deus não produz o mal. Ele nos proporciona razão e conhecimento a fim de que possamos sempre estar de guarda contra as ciladas do erro e da destruição.

Abençoados sejam aqueles a quem Deus conferiu a dádiva da razão.

7. Da música

Sentei junto a alguém amado por meu coração e escutava suas palavras. Minha alma principiou a vagabundear pelos espaços infinitos onde o Universo aparecia como um sonho e o corpo, como um cárcere apertado.
A voz encantadora de minha amada penetrou meu coração.
É a música, amigos, pois eu a ouvia pelos suspiros daquela que amava e pelas palavras balbuciadas entre seus lábios.
Pelos olhos de minha audição, vi o coração de minha amada.

Meus amigos, a música é a linguagem dos espíritos. Sua melodia é como a brisa travessa que faz as cordas tremularem de amor. Quando os dedos delicados da música batem na porta de nossos sentimentos, despertam lembranças que por muito tempo permaneceram ocultas nas profundezas do passado. As melodias tristes da música nos trazem recordações pesarosas, e suas melodias serenas nos evocam lembranças de momentos de alegria. O som das cordas nos leva ao pranto na partida de um ente querido ou a sorrir com a paz que Deus nos concedeu.
A alma da música é do espírito, enquanto sua mente é do coração.
Quando Deus criou o ser humano, deu-lhe a música como uma linguagem distinta de todas as outras. O homem primitivo cantou a glória da música nas regiões selvagens, e ela atraiu os corações de reis e os afastou de seus tronos.

Nossas almas são como flores tenras à mercê dos ventos do destino: tremem na brisa matutina e curvam suas cabeças sob o orvalho precipitado do céu.

O canto do pássaro acorda o homem de seu sono e o convida a se unir nos salmos de glória à eterna sabedoria que criou o canto do pássaro.

Tal música nos faz perguntar a nós mesmos o significado dos mistérios encerrados nos livros antigos.

Quando os pássaros cantam, chamam as flores dos campos, estão falando às árvores ou ecoando o sussurro dos regatos? O ser humano é incapaz de saber o que diz o pássaro, o que o regato está sussurrando ou o que as ondas murmuram ao tocarem lenta e gentilmente as praias.

O ser humano não é capaz de saber o que a chuva está dizendo ao cair sobre as folhas das árvores ou ao bater de leve nas vidraças. É incapaz de saber o que a brisa está dizendo às flores nos campos.

O coração do ser humano, contudo, é capaz de sentir e apreender o significado desses sons que atuam sobre seus sentimentos. A sabedoria eterna com frequência lhe fala numa linguagem misteriosa; alma e natureza dialogam, enquanto o ser humano se mantém mudo e pasmo.

E, todavia, o ser humano não chorou ou ouvir esses sons? Não são suas lágrimas eloquente entendimento?

Música divina!
Filha da alma do amor.

Vaso de amargura e de
amor.

Sonho do coração humano, fruto
de tristeza.

Flor de alegria, perfume, e
flor do sentimento.

Língua de amantes, reveladora de
segredos.

A voz do mestre

*

Mãe das lágrimas de amor oculto.

Inspiradora de poetas, compositores,
arquitetos.

Unidade de pensamentos encerrada em fragmentos
de palavras.

Planejadora do amor egresso da beleza.
Vinho do coração exultante
num mundo de sonhos.

Estimuladora de guerreiros e fortalecedora
de almas.
Oceano de misericórdia e mar de ternura.

Ó, música!
Em tuas profundezas depositamos nossos corações
e nossas almas.
Tu nos ensinaste a ver com nossos
ouvidos.
E ouvir com nossos corações.

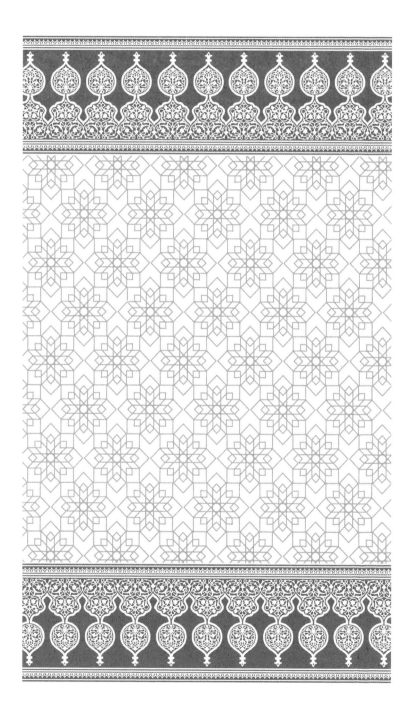

8. Da sabedoria

O sábio é aquele que ama e reverencia a Deus. O mérito de uma pessoa reside em seu conhecimento e em suas ações, não em sua cor, crença, raça ou linhagem. Lembre-se, meu amigo, de que o filho de um pastor possuidor de conhecimento tem mais valor para uma nação do que um herdeiro de trono ignorante. Conhecimento é sua patente autêntica de nobreza, não importam quem seja seu pai ou sua raça.

Conhecimento é a única riqueza que os tiranos não podem roubar. Somente a morte pode obscurecer a luz do conhecimento que está dentro de você. A verdadeira riqueza de uma nação não consiste em seu ouro ou sua prata, mas em seu conhecimento, sua sabedoria, e na retidão de seus filhos.

A riqueza do espírito embeleza a face humana e gera simpatia e respeito. Em todo ser, o espírito é manifesto nos olhos, na fisionomia e em todos os movimentos e gestos corporais. Nossa aparência, nossas palavras e nossas ações nunca são maiores do que nós mesmos. A alma é nossa morada; nossos olhos, suas janelas; nossas palavras, suas mensageiras.

Conhecimento e entendimento são os fiéis companheiros da vida que jamais se revelarão falsos, visto que o conhecimento é sua coroa, enquanto o entendimento é seu cetro. Quando estão conosco, não nos é possível possuir tesouros superiores a eles.

Aquele que nos entende se parece mais conosco do que nosso próprio irmão, pois é possível que mesmo nossos parentes não nos entendam nem conheçam nosso verdadeiro valor.

Ter amizade com o ignorante é tão estúpido quanto discutir com um bêbado.

Deus lhe concedeu inteligência e conhecimento. Não apague a candeia da graça divina nem deixe a vela da sabedoria se apagar na escuridão da sensualidade e do erro. De fato, um sábio se aproxima com seu archote para iluminar o caminho da humanidade.

Lembre-se de que um homem justo causa ao Diabo maior aflição do que um milhão de crentes cegos.

Pouco conhecimento posto em prática vale infinitamente mais do que muito conhecimento inativo.

Se seu conhecimento não o ensina o valor das coisas e não o liberta da escravidão da matéria, jamais se aproximará do trono da verdade.

Se seu conhecimento não o ensina a se elevar acima da fraqueza e da miséria humanas, bem como conduzir seu próximo no caminho correto, você é uma pessoa de pouco valor e assim permanecerá até o Dia do Juízo.

Aprenda as palavras de sabedoria pronunciadas pelo sábio e as aplique em sua própria vida. Viva-as, mas não faça da recitação delas um espetáculo, pois aquele que repete o que não entende não é melhor do que um burro carregado de livros.

9. Do amor e da igualdade

Meu amigo pobre, se você soubesse que a pobreza, que lhe é causa de tanta infelicidade, é a própria coisa que revela o conhecimento da justiça e o entendimento da vida, estaria contente com sua sorte. Digo conhecimento da justiça porque o rico está demasiado ocupado com a acumulação de riqueza para procurar esse conhecimento e digo entendimento da vida porque o poderoso se mantém ansioso demais em sua busca de poder e glória para se conservar na via correta da verdade.

Alegre-se, portanto, meu amigo pobre, já que é a boca da justiça e o livro da vida. Contente-se, pois você é a fonte da virtude daqueles que o governam e a coluna da integridade daqueles que o conduzem.

Se pudesse ver, meu amigo sofredor, que a infelicidade que o derrotou na vida é o próprio poder que ilumina seu coração e ergue sua alma do poço do escárnio ao trono da reverência, estaria satisfeito com seu quinhão e o consideraria um legado capaz de instruí-lo e torná-lo sábio.

A vida é uma corrente de muitos elos distintos. A dor é um elo de ouro entre a submissão ao presente e a esperança que promete o futuro, é a alvorada entre o sono e o despertar.

Meu companheiro pobre, a pobreza promove a nobreza do espírito, ao passo que a riqueza expõe seus males. A dor suaviza os sentimentos e a alegria cura o coração ferido. Se a dor e a pobreza fossem abolidas, o espírito humano seria como uma tábua vazia, sem nela haver nada inscrito exceto os sinais do egoísmo e da cobiça.

Lembre-se de que a divindade é o verdadeiro eu do ser humano. Não pode ser vendida por ouro, tampouco acumulada como o são as riquezas do mundo hoje. O rico rejeitou sua divindade e se apegou ao seu ouro, enquanto o jovem abandonou sua divindade e busca comodismo e prazer.

Meu amado pobre, a hora que você passa com a esposa e os filhos depois de voltar para casa do campo é a garantia de todas as famílias vindouras, o emblema da felicidade que será o quinhão de todas as gerações do porvir.

A vida em que o rico passa a acumular ouro é, na verdade, semelhante àquela dos vermes no túmulo. É um signo do medo.

As lágrimas que verte, meu amigo que sofre, são mais puras do que o riso daquele que busca o esquecimento e mais doces do que a mofa do escarnecedor. Essas lágrimas limpam o coração do flagelo do ódio e instruem o ser humano a compartilhar do sofrimento daqueles que têm os corações partidos. São as lágrimas do Nazareno.

A força que você semeia a favor do rico colherá no futuro, pois todas as coisas retornam à sua fonte de acordo com a lei da natureza.

A dor que suportou será convertida em contentamento graças à vontade do céu, e gerações vindouras aprenderão com o sofrimento e a pobreza uma lição de amor e igualdade.

10. Outros dizeres do mestre

Tenho estado aqui desde o início e estarei até o fim dos dias, porquanto minha existência não tem fim. A alma humana é apenas uma parte de uma tocha ardente que Deus separou de si mesmo na criação.

Meus irmãos, aconselhem-se entre si, pois nisso reside a saída do erro e do arrependimento vazio. A sabedoria dos muitos é seu escudo contra a tirania. Quando nos voltamos uns para os outros em busca de conselho, reduzimos o número de nossos inimigos.

Aquele que não busca o conselho é um insensato. Sua insensatez o cega para a verdade e o torna mau, obstinado e perigoso para seu semelhante.

Uma vez tenham apreendido claramente um problema, encarem-no resolutamente, tendo em vista que esse é o caminho dos fortes.

Busquem o conselho dos idosos, porque os olhos deles contemplaram os semblantes dos anos e seus ouvidos escutaram as vozes da vida. Mesmo que o conselho não lhes agrade, prestem atenção a eles.

*

Não esperem bons conselhos de um tirano, de um malfeitor, de um homem presunçoso ou de alguém que abriu mão da honra. Ai daquele que conspira ao lado do malfeitor que surge em busca de conselho, pois concordar com o malfeitor é infâmia e dar ouvidos ao que é falso é traição.

A menos que eu seja dotado de amplo conhecimento, de agudo discernimento e grande experiência, não posso me considerar conselheiro dos seres humanos.

Não ajam com precipitação nem com demasiada lentidão, e não sejam indolentes quando surge uma oportunidade. Assim evitarão graves erros.

Meu amigo, não seja como aquele que se senta junto à lareira e observa o fogo apagar para depois soprar inutilmente as cinzas mortas. Não desista da esperança nem ceda ao desespero por causa de coisas do passado, já que lamentar o que é irreparável é a pior das fraquezas humanas.

Ontem me arrependi de minhas ações e hoje compreendo meu erro e o mal que trouxe para mim mesmo ao partir meu arco e destruir minha aljava.

Eu o amo, meu irmão, não importa quem seja você – independentemente de realizar seu culto na igreja, ajoelhar no seu templo ou orar em sua mesquita. Você e eu somos todos filhos de uma única fé, haja vista que as diversas vias religiosas são dedos da mão amorosa de um ser supremo, estendida a todos, oferecendo a plenitude do espírito a todos, ansiosa para receber a todos.

*

A voz do mestre

Deus lhe deu um espírito munido de asas para se elevar ao vasto firmamento do amor e da liberdade. Não é, então, lamentável cortar suas asas com as próprias mãos e fazer sua alma rastejar como um inseto sobre a terra?

Minha alma, viver se assemelha a um corcel noturno: quanto mais veloz seu galope na corrida, tanto mais próxima fica a alvorada.

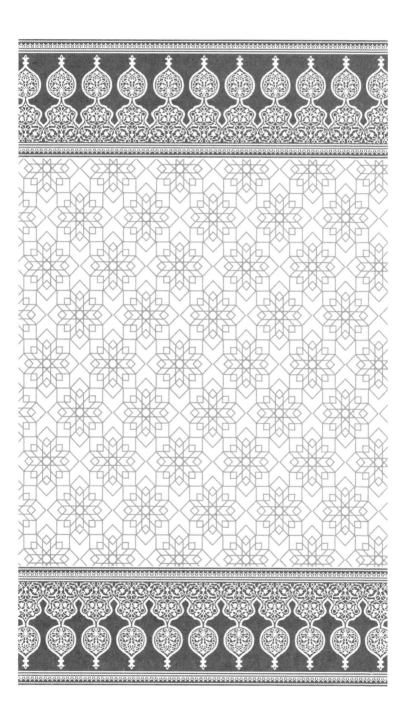

11. O ouvinte

Ó, vento, você que passa por nós, ora cantando doce e suavemente, ora suspirando e lamentando: ouvimo-lo, mas não podemos vê-lo. Sentimos seu toque, mas não podemos distinguir sua forma. Você é como um oceano de amor que engole nossos espíritos, porém não os afoga.

Sobe às colinas e desce aos vales, expandindo-se sobre o campo e o prado. Há força em sua ascensão, amabilidade em sua descida e graça em sua dispersão. Você é como um rei misericordioso, afável com os oprimidos, mas severo com os arrogantes e os poderosos.

No outono, geme através dos vales, fazendo as árvores ecoarem seu queixume.

No inverno, rompe suas cadeias e toda a natureza se rebela com você.

Na primavera, levanta-se de seu sono, ainda débil e irresoluto, e por meio de seus movimentos lânguidos os campos começam a despertar.

No verão, oculta-se por trás do véu do silêncio como se tivesse morrido, atingido pelos dardos do sol e pelas lanças do calor.

Estava a lamentar nos dias tardios do outono ou rindo diante das árvores nuas a enrubescerem?

Estava a se enfurecer no inverno ou dançando em torno do túmulo coberto da neve da noite?

Estava a se mover languidamente na primavera ou afligido pela perda de sua amada, a juventude de todas as estações?

Estava talvez morto naqueles dias de verão, ou apenas adormecido no coração dos frutos, nos olhos dos vinhedos, ou nos ouvidos do trigo sobre as eiras?

Você se ergue das ruas das cidades, carrega os germes da peste e sopra das colinas o aroma das flores. Assim, a alma grandiosa sustém a dor da vida e, silenciosamente, encontra suas alegrias. Nos ouvidos da rosa, murmura um segredo cujo significado é compreendido por ela. Com frequência ela fica transtornada e então se regozija. É como age Deus com a alma humana. Ora você demora, ora se apressa aqui e acolá, num movimento incessante. Assim também é a mente do ser humano, que vive quando age e perece quando está ocioso. Na superfície das águas, você escreve suas canções e depois as apaga. O mesmo faz o poeta ao criar.

Você vem do sul tão cálido quanto o amor, do norte tão frio quanto a morte, do leste tão suave quanto o contato da alma e do oeste tão selvagem quanto a ira e a fúria. É tão volúvel quanto o tempo ou o mensageiro de notícias importantes provenientes dos quatro pontos cardeais?

Você assola o deserto, pisoteia as caravanas inocentes e as enterra em montanhas de areia. É aquela mesma brisa travessa que treme com a aurora entre folhas e galhos e adeja como um sonho por meio das tortuosidades dos vales, onde as flores, curvando-se, o saúdam e a relva se abaixa, coberta densamente pela embriaguez do seu sopro?

Você se ergue dos oceanos e sacode as silenciosas profundezas deles com suas tranças, destroçando, com sua fúria, navios e tripulações. Você é aquela mesma suave brisa que acaricia as mechas de cabelos das crianças que brincam ao redor de casa?

Para onde transporta nossos corações, suspiros, alentos e sorrisos? O que faz com as tochas flutuantes de nossas almas? Carrega-as além do horizonte da vida? Arrasta-as como vítimas de sacrifício até cavernas distantes e horríveis a fim de destruí-las?

Na noite serena, os corações lhe revelam seus segredos e, à alvorada, os olhos se abrem ao seu toque gentil. Você se preocupa com o que o coração sentiu ou com o que os olhos viram?

Entre suas asas, o angustiado deposita o eco de suas canções lamentosas; o órfão, os pedaços de seu coração partido; o oprimido, seus suspiros dolorosos. Dentro das dobras do seu manto, o estrangeiro deposita sua saudade; o abandonado, seu fardo; a mulher decaída, seu desespero. Guarda tudo isso em segurança para os humildes? Ou se assemelha à mãe-terra, que sepulta tudo que gera? Ouve esses gritos e essas lamentações? Ouve esses gemidos e suspiros? Ou é como os orgulhosos e os poderosos que não veem a mão estendida nem ouvem os gritos dos miseráveis? A vida de todos os ouvintes, você ouve?

12. Amor e juventude

Um jovem na aurora da vida estava sentado junto à sua escrivaninha numa casa solitária. Ora olhava pela janela para o céu salpicado de estrelas cintilantes, ora voltava o olhar para o retrato de uma donzela que segurava nas mãos. As linhas e as cores do retrato eram dignas de um mestre e se refletiam na mente do jovem, além de lhe franquearem os segredos do mundo e o mistério da eternidade.

O retrato da mulher convocou o jovem e naquele momento converteu seus olhos em ouvidos, de maneira que ele entendesse a linguagem dos espíritos que pairavam sobre o aposento e seu coração ardesse de amor.

Assim, as horas transcorreram como se fossem somente um momento de um belo sonho ou um ano numa vida de eternidade.

Então o jovem colocou o retrato diante de si, tomou de sua pena e verteu os sentimentos de seu coração sobre o pergaminho:

"Amada, a grande verdade que transcende a natureza não passa de um ser para outro por meio do discurso humano. A verdade opta pelo silêncio para transmitir seu significado às almas amantes.

"Sei que o silêncio da noite é o mais digno mensageiro entre nossos dois corações, visto que carrega a mensagem do amor e recita os salmos de nossos corações. Tal como Deus fez nossas almas prisioneiras de nossos corpos, o amor me fez um prisioneiro das palavras e do discurso.

"Eles dizem, ó, amada, que o amor é uma chama devoradora no coração do homem. Eu soube, por ocasião de nosso primeiro encontro, que te conhecera havia muitíssimo tempo e, no momento de partir, que nada seria suficientemente poderoso para nos manter separados.

63

"Meu primeiro olhar lançado a ti não foi, na verdade, o primeiro. A hora na qual nossos corações se reuniram em mim confirmou a crença na eternidade e na imortalidade da alma.

"Num tal instante, a natureza ergue o véu daquele que se crê oprimido e revela sua justiça eterna.

"Recordas, amada, o regato junto ao qual sentamos ao nos olharmos fixamente? Sabes que teus olhos me disseram naquele momento que o amor que tens por mim não nasceu da compaixão, e sim da justiça? Agora posso proclamar para mim mesmo e para o mundo que as dádivas provenientes da justiça são mais grandiosas do que aquelas que provêm da caridade.

"Da mesma forma, posso dizer que o amor que é filho do acaso é semelhante às águas estagnadas dos pântanos.

"Amada, diante de mim se estende uma vida que posso construir de grandeza e beleza, uma vida que começou com nosso primeiro encontro e que perdurará pela eternidade.

"Sei que cabe a ti gerar o poder a mim concedido por Deus, a ser expresso em nobres palavras e ações, tal como o sol proporciona vida às flores perfumadas dos campos.

"Assim, meu amor por ti durará para sempre."

O jovem se levantou e caminhou lenta e reverentemente pelo aposento. Olhou pela janela e avistou a lua se erguendo acima do horizonte e preenchendo o amplo céu com seu brilho suave.

Em seguida, voltou à escrivaninha e escreveu:

"Perdoa-me, minha amada, por me dirigir a ti na segunda pessoa, já que és minha outra bela metade que me faltou desde que surgimos da mão sagrada de Deus. Perdoa-me, minha amada!".

13. A sabedoria e eu

No silêncio da noite, a sabedoria entrou em meu quarto e permaneceu junto ao meu leito. Olhou-me fixamente como uma mãe amorosa, secou minhas lágrimas e disse:
"Ouvi os lamentos de sua alma e vim para confortá-lo. Abra seu coração para mim e o encherei de luz. Pergunte, e lhe mostrarei o caminho da verdade."

Assenti às suas instruções e perguntei:
"Quem sou eu, Sabedoria, e como cheguei a este lugar de horrores? O que são essas esperanças imensas, essas montanhas de livros e essas figuras estranhas? O que são esses pensamentos que vêm e vão como um bando de pombas? O que são esses discursos que compomos movidos pelo desejo e escrevemos em meio à alegria? O que são essas conclusões dolorosas e jubilosas que invadem minha alma e envolvem meu coração? De quem são esses olhos que me fitam, penetram os próprios recessos mais íntimos de minha alma e, no entanto, ignoram minha aflição? O que são essas vozes que lamentam o transcorrer de meus dias e entoam os louvores de minha infância? Quem é esse jovem que brinca com meus desejos e zomba de meus sentimentos, esquecendo as proezas do ontem, contentando-se com a pequenez do hoje e se armando contra a lenta aproximação do amanhã?

"O que é este mundo terrível que me move? E para qual região desconhecida?

"O que é essa terra que escancara as mandíbulas para tragar nossos corpos e prepara um abrigo perpétuo para a avidez? Quem é esse homem que se contenta com os favores da sorte e anseia por um beijo dos lábios da vida enquanto a morte o golpeia na face? Quem é esse homem que compra um momento de prazer com um ano de arrependimento e se entrega ao sono enquanto os sonhos o chamam? Quem é esse homem que nada sobre as ondas da ignorância na direção do abismo das trevas?

"Diga-me, Sabedoria, o que são todas essas coisas?".

A Sabedoria descerrou os lábios e falou:

"Você, homem, vê o mundo com os olhos de Deus e apreende os segredos do além por meio do pensamento humano. Tal é o fruto da ignorância.

"Vá até o campo para ver como a abelha adeja sobre as flores doces e a águia se lança sobre sua presa. Entre na casa de seu vizinho e veja o bebê fascinado com a luz do fogo, enquanto sua mãe se ocupa de suas tarefas. Imite a abelha e não desperdice seus dias primaveris observando as ações da águia. Imite a criança se regozijando com a luz do fogo e deixe a mãe dela ser o que é. Tudo que você vê foi e ainda é seu.

"A profusão de livros, de figuras estranhas e os belos pensamentos que o cercam são espectros dos espíritos que existiram antes de você. Os discursos proferidos por você, por seus lábios, são os elos da corrente que o unem aos seus semelhantes. As conclusões dolorosas e jubilosas são as sementes semeadas pelo passado no campo de sua alma para serem colhidas pelo futuro.

"O jovem que brinca com seus desejos é aquele que abrirá o portão do coração para o ingresso da luz. A terra que escancara a boca para tragar o ser humano e suas obras é a libertadora de nossas almas da escravidão aos nossos corpos.

"O mundo que se move com você é seu coração, que é o próprio mundo. E o ser humano, que você julga tão pequeno e ignorante, é o mensageiro de Deus que veio para aprender a alegria da vida por meio da tristeza e conquistar conhecimento com base na ignorância.

Assim falou a Sabedoria, pousando a mão sobre minha fronte ardente e completando:

"Vá em frente. Não demore. Caminhar avante é se mover rumo à perfeição. Vá em frente e não tema os espinhos ou as pedras pontiagudas da estrada da vida."

14. As duas cidades

A vida me levou às alturas em suas asas e me transportou até o monte juventude. Então, fez um sinal e apontou para sua retaguarda. Olhei para trás e vi uma estranha cidade, da qual se elevava uma fumaça escura de múltiplos matizes que se movia lentamente à semelhança de fantasmas. Uma nuvem fina quase escondia a cidade de meu olhar. Depois de um momento de silêncio, indaguei: "Vida, o que é isso que vejo?".
E a vida respondeu: "Esta é a cidade do passado. Observe-a e pondere".
Contemplei o maravilhoso cenário e avistei muitos objetos e coisas espetaculares: salões construídos para a ação – postados como gigantes sob as asas do sono –, templos da conversação ao redor dos quais pairavam espíritos que simultaneamente bradavam em desespero e entoavam canções de esperança, igrejas erigidas pela fé e destruídas pela dúvida, minaretes do pensamento a erguer seus pináculos como mendigos com os braços para o alto, avenidas do desejo se estendendo como rios através de vales, depósitos de segredos guardados por sentinelas da dissimulação e saqueados por ladrões da revelação, fortalezas construídas pela coragem e demolidas pelo medo, santuários de sonhos ornamentados pelo sono e destruídos pela insônia, choupanas insignificantes habitadas pela fraqueza, mesquitas de solidão e abnegação, instituições de ensino iluminadas pela inteligência e obscurecidas pela ignorância, tavernas de amor em que amantes se tornaram ébrios e o vazio escarnecia deles, teatros sobre cujos palcos a vida encenava sua peça e a morte dava um desfecho às tragédias da vida.

Tal é a cidade do passado: na aparência, muito distante; na realidade, próxima, visível, ainda que através de nuvens escuras.

A vida, então, me fez um sinal e disse: "Acompanhe-me. Demoramos demais aqui". Retruquei: "Vida, para onde estamos indo?". Ela disse: "Estamos indo para a cidade do futuro". Insisti: "Vida, tenha pena de mim. Estou cansado, meus pés estão feridos e não disponho mais de força".

A vida, entretanto, retorquiu: "Vá adiante, meu amigo. Demorar-se é covardia. Manter-se para sempre contemplando a cidade do passado é loucura. Olhe, a cidade do futuro acena...".

15. A natureza e o ser humano

Ao romper do dia, eu estava sentado num campo conversando com a natureza, enquanto o ser humano repousava serenamente sob o cobertor do sono. Deitei-me sobre a relva verde e meditei sobre estas questões: "É a verdade beleza? É a beleza verdade?".

Em minhas reflexões, vi-me transportado para longe da humanidade, e minha imaginação suspendeu o véu da matéria que escondia meu eu interior. Minha alma se expandiu, fui aproximado da natureza e seus segredos, meus ouvidos foram abertos para o discurso das maravilhas dela.

Enquanto assim, absorto profundamente nos pensamentos, senti uma brisa que passava pelos ramos das árvores e captei um suspiro semelhante ao de um órfão perdido e sem lar.

"Por que suspira, suave brisa?", perguntei.

A brisa respondeu: "Porque vim da cidade abrasada pelo calor do sol e os germes da peste e da contaminação impregnam minhas puras vestes. Será que pode me culpar por me afligir?".

Em seguida, olhei para as faces marejadas de lágrimas das flores, escutei o lamento suave e perguntei: "Por que choram, minhas lindas flores?".

Uma das flores ergueu sua delicada cabeça e murmurou: "Choramos porque o ser humano virá nos cortar e nos oferecer para a venda nos mercados da cidade".

Outra flor acrescentou: "Ao anoitecer, quando estivermos murchas, ele nos jogará no monte de lixo. Choramos porque a mão cruel do homem nos arranca de nosso habitat".

Percebi que o regato lamentava como uma viúva enlutada pelo filho morto e indaguei: "Por que chora, meu puro regato?".

O regato respondeu: "Porque sou obrigado a me dirigir à cidade, onde o ser humano me desdenha e me rejeita a favor de bebidas mais fortes, transforma-me num lixeiro de suas sobras deterioradas, polui minhas águas e converte minha benevolência em imundície".

Ouvi o lamento dos pássaros e perguntei:

"Por que pranteiam, meus belos pássaros?". Um deles voou para mais próximo, pousou na extremidade de um galho e disse: "Os filhos de Adão não tardarão a ingressar neste campo com suas armas mortais e travarão uma guerra contra nós como se fôssemos seus mortíferos inimigos. Estamos agora nos despedindo uns dos outros, pois não sabemos quem de nós escapará à ira do ser humano. A morte nos segue para qualquer lugar a que nos dirijamos".

Agora o sol nascia por trás dos picos das montanhas e coroava de dourado os topos das árvores. Contemplei toda essa beleza e perguntei a mim mesmo: "Por que tem o ser humano de destruir o que a natureza construiu?".

16. A encantadora

A mulher que meu coração amou se sentou ontem neste quarto solitário e repousou seu belo corpo neste leito de veludo. Destas taças de cristal sorveu pequenos goles do vinho envelhecido.

Esse é o sonho de ontem, pois a mulher que meu coração amou foi para um lugar distante: a terra do esquecimento e do vazio.

A impressão de seus dedos, entretanto, permanece sobre meu espelho, a fragrância de seu alento se mantém nas dobras de minhas roupas e o eco de sua doce voz pode ser ouvido neste aposento.

A mulher que meu coração amou, porém, partiu para um lugar distante chamado de vale do exílio e do esquecimento.

Há um retrato dessa mulher pendurado junto a minha cama. As cartas de amor que ela escreveu para mim, conservo-as num estojo de prata guarnecido de esmeraldas e coral. Todas essas coisas permanecerão comigo até amanhã, quando o vento as soprará para longe, condenando-as ao esquecimento, onde exclusivamente o silêncio mudo reina.

A mulher que amei se assemelha às que vocês concederam seus corações. Ela é estranhamente bela, como que esculpida por um deus, e tão meiga quanto a pomba, astuta quanto a serpente, altivamente graciosa quanto o pavão, cruel quanto o lobo, atraente quanto o cisne branco e terrível quanto a noite escura. Ela é composta de um punhado de terra e de um caneco repleto de espuma do mar.

Conheço essa mulher desde a infância. Segui-a aos campos e segurei a orla de suas roupas quando ela caminhava pelas ruas da cidade. Conheci-a desde os dias de minha juventude e vi a sombra de seu rosto nas páginas dos livros que li. Ouvi sua voz celestial no sussurro do riacho. A ela franqueei os descontentamentos de meu coração e os segredos de minha alma.

A mulher que meu coração amou se foi para um lugar frio, desolado e distante: a terra do vazio e do esquecimento. A mulher que meu coração amou é chamada de *vida*. Ela é bela e atrai todos os corações para si. Ela toma nossas vidas em penhor e enterra nossas aspirações em promessas.

A *vida* é uma mulher que se banha nas lágrimas de seus amantes e se unta com o sangue de suas vítimas. Seus trajes são dias brancos revestidos com a escuridão da noite. Ela toma o coração humano como amante, mas nega a si mesma em casamento.

A vida é uma feiticeira
Que nos seduz com sua beleza –
Mas aquele que conhece suas manhas
Fugirá de seus feitiços.

17. Juventude e esperança

A juventude caminhou diante de mim e a segui até chegarmos a um campo longínquo. Lá, ela se deteve e fitou as nuvens que flutuavam no horizonte como um rebanho de cordeiros brancos. Em seguida, olhou as árvores cujos galhos nus apontavam o céu como se orassem ao Poder Supremo para que restituísse suas folhas.

Perguntei: "Juventude, onde estamos agora?".

Ela respondeu: "Estamos no campo da perplexidade. Fique atento e se mantenha precavido".

Eu disse: "Voltemos imediatamente, pois este lugar desolado me amedronta e a visão das nuvens e das árvores nuas entristece meu coração".

Ela retrucou: "Seja paciente. O conhecimento principia com a perplexidade".

Lancei um olhar em torno de mim, avistei uma forma que se movia graciosamente na nossa direção e perguntei: "Quem é essa mulher?".

A juventude respondeu: "Esta é Melpômene, filha de Zeus e musa da tragédia".

"Ora, venturosa juventude!", exclamei. "O que deseja de mim a tragédia se você está ao meu lado?"

Ela respondeu: "Ela veio para lhe mostrar a Terra e suas tristezas, porquanto aquele que não observou a tristeza jamais verá a alegria". Aquele espírito, então, pousou a mão sobre meus olhos. Quando a retirou, a juventude havia sumido e eu me encontrava sozinho, despido de minhas vestes terrestres. Gritei: "Filha de Zeus, onde está a juventude?".

Melpômene não respondeu, mas me tomou sob suas asas e me levou ao pico de uma alta montanha. Abaixo de mim, vi a Terra, e tudo que nela está contido, desdobrada como as páginas de um livro – ali estavam inscritos os segredos do Universo. Fiquei estupefato ao lado da donzela, ponderei acerca do mistério da humanidade e me esforcei para decifrar os símbolos da vida.

Vi espetáculos angustiantes: os anjos da felicidade travavam guerra contra os demônios da infelicidade, e entre eles estava o ser humano, ora atraído para um lado pela esperança, ora atraído para outro pelo desespero.

Vi o amor e o ódio brincando com o coração humano. O amor dissimulava a culpa do ser humano e o embriagava com o vinho da submissão, do louvor e da lisonja, ao passo que o ódio o provocava, tapava seus ouvidos e cegava seus olhos diante da verdade.

Contemplei a cidade se agachando como uma criança em seus cortiços e agarrando as vestes do filho de Adão. À distância, vi os campos belíssimos a prantear o sofrimento humano.

Contemplei sacerdotes espumando como raposas astuciosas e falsos messias tramando e conspirando contra a felicidade do ser humano.

Vi um homem invocar a sabedoria para sua libertação, mas a sabedoria não atendeu ao seu apelo porque ele a desprezara quando ela havia se dirigido a ele nas ruas da cidade.

Vi pregadores contemplando os céus num gesto de veneração quando seus corações estavam sepultados nos poços da ganância.

Vi um jovem conquistando o coração de uma donzela mediante um doce discurso, porém os sentimentos verdadeiros deles estavam adormecidos e a divindade deles, extremamente distante.

Vi legisladores tagarelarem ociosamente, vendendo suas mercadorias nos mercados do engano e da hipocrisia.

Vi médicos brincarem com as almas das pessoas puras de coração e confiantes.

A voz do mestre

Vi ignorantes sentados ao lado dos sábios, exaltando o passado deles ao trono da glória, adornando seu presente com os trajes da opulência e preparando um leito de luxo para o futuro.

Vi o pobre miserável semeando a semente e o poderoso colhendo o fruto dela, enquanto a opressão, chamada erroneamente de lei, permanecia de guarda.

Vi ladrões da ignorância roubando os tesouros do conhecimento, enquanto as sentinelas da luz se mantinham mergulhadas num sono profundo de inatividade.

Vi dois amantes, mas a mulher parecia um alaúde nas mãos de um homem incapaz de tocá-lo e que só compreendia sons desarmônicos.

Contemplei tropas do conhecimento assediando a cidade do privilégio herdado, mas eram poucas e não tardaram a ser dispersas.

Vi a liberdade em sua caminhada solitária, batendo nas portas e pedindo abrigo, mas ninguém deu atenção às suas súplicas. A seguir, vi a prodigalidade marchando esplendorosamente, enquanto a multidão a aclamava como liberdade.

Vi a religião inumada em livros, enquanto a dúvida a substituía.

Vi o ser humano envergando os trajes da paciência como um manto para a covardia e classificando a indolência de tolerância e o medo de cortesia.

Vi o intruso sentado à mesa do conhecimento, pronunciando um discurso insensato, enquanto os convidados se conservavam em silêncio.

Vi o ouro em poder dos desperdiçadores sendo usado como recurso de malfeitores e nas mãos dos avarentos sendo empregado para atrair o ódio. Todavia, não vi nenhum ouro em poder dos sábios.

Vendo todo esse espetáculo, bradei, atingido pela dor: "Ó, filha de Zeus, esta é realmente a Terra? Este é o ser humano?".

Com uma voz branda e angustiada, ela respondeu: "O que você vê é a senda da alma, que é pavimentada de pedras pontiagudas e atapetada de espinhos. Esta é apenas a sombra do ser humano. Esta é a noite. Mas aguarde, pois logo despontará a manhã".

Ela, então, pousou a mão delicada nos meus olhos e, ao removê-la, eis o que vi: a juventude andando devagar ao meu lado, ao passo que, à nossa frente, nos conduzindo, marchava a esperança.

18. Ressurreição

Ontem, minha amada, encontrava-me quase sozinho no mundo e minha solidão era tão implacável quanto a morte. Eu era como uma flor que cresce à sombra de um rochedo, de cuja existência a vida não está ciente e que não está ciente da vida.

Hoje, contudo, minha alma despertou e contemplei você em pé ao meu lado. Levantei-me e me alegrei. Em seguida, ajoelhei-me reverentemente e a adorei.

Ontem, o toque da brisa travessa parecia áspero, minha amada, e os raios do sol pareciam débeis, uma névoa escondia a face da Terra e as ondas do oceano rugiam como uma tempestade.

Olhei ao redor de mim, mas tudo que vi foi meu próprio eu sofredor postado ao meu lado, enquanto os espectros das trevas se erguiam e precipitavam em torno de mim à maneira de abutres vorazes.

Hoje, entretanto, a natureza se mostra banhada de luz, o rugido das ondas atenuou e a neblina se dispersou. Para onde quer que eu olhe, vejo os segredos da vida se franquearem para mim.

Ontem eu era uma palavra destituída de som no coração da noite, ao passo que hoje sou uma canção nos lábios do tempo.

Tudo isso ocorreu num momento, tendo sido construído por um olhar, uma palavra, um suspiro e um beijo.

Esse instante, minha amada, mesclou a disposição passada de minha alma com as esperanças de meu coração para o futuro. Foi como uma rosa branca que brota do seio da terra para a luz do dia.

Esse momento foi para minha vida o que o nascimento do Cristo tem sido para as eras do homem, pois estava repleto de amor e

77

bondade. Converteu escuridão em luz, tristeza em alegria e desespero em ventura.

Amada, os fogos do amor descem do céu sob múltiplas configurações e formas, mas é única sua marca sobre o mundo. A flama minúscula que ilumina o coração humano é como uma tocha ardente que desce do céu para iluminar os caminhos da humanidade. Em uma alma estão contidos as esperanças e os sentimentos de toda a humanidade.

Os judeus, minha amada, aguardavam a vinda de um messias que lhes fora prometido e que era para libertá-los da escravidão.

A grande alma do mundo percebeu que o culto a Júpiter e Minerva não tinha mais valia, visto que os corações sedentos das pessoas não podiam ser saciados com aquele vinho.

Em Roma, os homens refletiam sobre a divindade de Apolo, um deus sem compaixão, e sobre a beleza de Vênus, que já entrara em declínio.

No fundo de seus corações, embora não o compreendessem, essas nações estavam famintas e sedentas pelo ensinamento supremo que transcenderia qualquer outro a ser descoberto sobre a Terra. Ansiavam pela liberdade do espírito que ensinaria o ser humano a se regozijar com seu semelhante ante a luz do sol e a maravilha de viver. É essa apreciada liberdade que aproxima o ser humano do invisível, o qual ele pode abordar sem medo ou vergonha.

Tudo isso aconteceu há dois mil anos, minha amada, ocasião em que os desejos do coração adejavam em torno de coisas visíveis, no receio de se aproximar do espírito eterno, enquanto Pan, o senhor dos bosques, aterrorizava os corações dos pastores, e Baal, o senhor do sol, pressionava, com as mãos inclementes dos sacerdotes, as almas dos pobres e humildes.

Numa noite, numa hora, num momento do tempo, os lábios do espírito se entreabriram e pronunciaram a palavra sagrada "vida", que, num estábulo, se tornou carne num bebê adormecido no regaço de uma virgem. Nesse estábulo, pastores protegiam seus rebanhos contra o ataque de feras noturnas e contemplavam, maravilhados, aquele bebê humilde que dormia na manjedoura.

O rei-menino, enfaixado nas roupas ordinárias de sua mãe, se sentou num trono de corações oprimidos e almas famintas e, com sua humildade, arrancou o cetro do poder das mãos de Júpiter e o deu ao pastor pobre que guardava seu rebanho.

A voz do mestre

De Minerva, ele tomou a sabedoria e a instalou no coração de um pescador pobre que remendava sua rede.

De Apolo, retirou a alegria por meio de suas próprias tristezas e a concedeu ao mendigo de coração partido que pedia esmola na beira da estrada.

De Vênus, tomou a beleza e a verteu na alma da mulher decaída que tremia diante de seu cruel opressor.

Destronou Baal e o substituiu pelo lavrador humilde que semeava e lavrava o solo com o suor de sua fronte.

Amada, não era minha alma ontem semelhante às tribos de Israel? No silêncio da noite, eu não aguardava a chegada de meu salvador para me libertar da escravidão e dos males do tempo? Não experimentei a sede intensa e a fome do espírito como as experimentaram aquelas nações do passado? Não trilhei a estrada da vida como uma criança perdida em alguma região erma e não era minha vida como uma semente lançada sobre uma pedra, que nenhuma ave procuraria nem os elementos fragmentariam para nela instaurar vida?

Tudo isso ocorreu ontem, minha amada, quando meus sonhos rastejavam na escuridão e temiam a aproximação do dia.

Tudo isso ocorreu quando a tristeza dilacerava meu coração e a esperança lutava para repará-lo.

Numa noite, numa hora, num momento do tempo, o espírito desceu do centro do círculo da luz divina e olhou para mim com os olhos do coração. O amor nasceu daquele olhar e encontrou uma morada em meu peito.

Esse grande amor, enfaixado nos trajes de meus sentimentos, converteu a tristeza em alegria, o desespero em felicidade, a solidão em paraíso.

O amor, o grande rei, devolveu a vida ao meu eu morto, restituiu a luz aos meus olhos cegados pelas lágrimas, ergueu-me do poço do desespero ao reino celestial da esperança.

De fato, todos os meus dias eram como noites, minha amada. Mas olhe! A alvorada surgiu, e não tardará o nascer o sol, pois o alento do menino Jesus inundou o firmamento e se misturou ao éter. A vida, outrora repleta de infortúnio, agora transborda de alegria, porquanto os braços do menino me circundam e abraçam minha alma.

Este livro foi impresso pela Gráfica Rettec
em fonte Adobe Garamond Pro sobre papel Pólen Bold 90 g/m²
para a Mantra no verão de 2024.